이지출판

이철수의 나뭇잎 편지

자고 깨어나면 늘 아침

2006년 12월 12일 초판 1쇄 펴냄
2012년 9월 20일 개정판 1쇄 펴냄
2016년 10월 31일 개정판 3쇄 펴냄

펴낸곳 (주)도서출판 삼인

지은이 이철수
펴낸이 신길순

등록 1996.9.16. 제 10-1338호
주소 03716 서울시 서대문구 연희로 5길 82 (연희동, 2층)
전화 (02) 322-1845
팩스 (02) 322-1846
전자우편 saminbooks@naver.com

표지·본문 디자인 (주)끄레어소시에이츠
제판 문형사
인쇄 수이북스
제책 은정제책

ISBN 978-89-6436-050-7 03810

값 12,000원

이철수의 나뭇잎 편지

자고 깨어나면 늘 아침

봄 9   봄 49   여름 87   가을 131

벌써 세번째 엽서채을 냅니다.
저녁마다 당신들을 떠올리면서 빈엽서를 꺼내놓았습니다.
조용히 제 하루를 돌아보고 짧은 편지를 썼지요. 날이 갈수록
엽서를 받는 이들이 많아졌습니다. 그 많은 당신들 앞에 드리는
짧은 편지는, 어쩔수 없이 제 감정의 기복을 따라 얼룩지곤
했습니다. 다기억하지 못하는 흘러가버린 감정의 무늬들 —
붙쳐 버린 엽서들, 걱정 스럽습니다.
당신 앞에 도착한 엽서들이 거기서 무슨 짓을 했을까?

이철수드림
2006.12

잠잠하기 어려워서지요. 세상은 날이 갈수록 강파라지고,
마음도 몸도 고요한 순간을 얻지 못한채 세상의 거친 흐름에
나를 맡겨야 합니다. 그 안에서 편안하신지요? 이렇게 흘러가도 세상
모르겠습니다. 모르시겠지요? 이대로 이렇게 흘러가면서 살고
괜찮은 건지? 당신이 보내올 답장을 많이 기다리면서 세상을 딴없이
있습니다. 주고 — 받아야 '대화'가 되는 거지요! 세상을 딴없이
말하고 있는 거라고 짐짓 생각하고 있기는 합니다. 똑똑하게
말하는 불립문자'의 세계에서도, 안했다하고 하는 말들이 엽면
하지요? 대화가 그리운 세상을 살고 있기는 당신이나 나나 마찬
가지인가 봅니다. 주고-받는, 대화를 이야기 나눈다 '고 합니다.
주는것이 주는 것 만 아니고, 받는것이 받는 것 만 아니라는터서
말의 깊은 뜻을 찾고 싶었습니다. 엽서'가 바로 그것이기를!

벌써 세 번째 엽서 책을 냅니다.
저녁마다 당신들을 떠올리면서 빈 엽서를 꺼내놓았습니다.
조용히 제 하루를 돌아보고 짧은 편지를 썼지요.
날이 갈수록 엽서를 받는 이들이 많아졌습니다.
그 많은 당신들 앞에 드리는 짧은 편지는, 어쩔 수 없이 제 감정의 기복에 따라 얼룩지곤 했습니다.
다 기억하지 못하는 흘러가버린 감정의 무늬들―부쳐버린 엽서들, 걱정스럽습니다.
당신 앞에 도착한 엽서들이 거기서 무슨 짓을 했을까? 짐작하기 어려워서지요.
세상은 날이 갈수록 강팔라지고, 마음도 몸도 고요한 순간을 얻지 못한 채
세상의 거친 흐름에 나를 맡겨야 합니다.
그 안에서 괜찮으신지요?
모르겠습니다. 모르시겠지요?
이대로 이렇게 흘러가도 세상 괜찮은 건지.

당신이 보내올 답장을 많이 기다리면서 살고 있습니다.
주고―받아야 '대화'가 되는 거지요!
세상은 말없이 말하고 있는 거라고 짐짓 생각하고 있기는 합니다.
묵묵하게 말하는 '불립문자'의 세계에서도 '안 했다' 하고 하는 말들이 엄연하지요?
대화가 그리운 세상을 살고 있기는 당신이나 나나 마찬가지인가 봅니다.
주고―받는 대화를 이야기 '나눈다'고 합니다.
주는 것이 주는 것만이 아니고, 받는 것이 받는 것만 아니라는 데서 말의 깊은 뜻을
찾고 싶었습니다.
'엽서'가 바로 그것이기를!

2006년 12월 이철수 드림

겨울

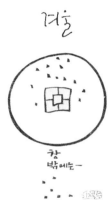

창
밖에는 —

박영수

지붕의 쌓인눈이
쉬 녹지 않는집은
가난하고
외로운 사람이 사는
집입니다.

어쩌면 빈집일지도
모르지요. 산다는건, 애써
온기를 만들고 나누는 일.
그 따스한기운으로 봄도기다리고…

어쩌면 빈집일지도

지붕에 쌓인 눈이 쉬 녹지 않는 집은
가난하고 외로운 사람이 사는 집입니다.
어쩌면 빈집일지도 모르지요.
산다는 건, 애써 온기를 만들고 나누는 일.

새벽,
봉숭아 흰꽃이
눈물 속에 져내린다
아이고!
아이고!

아직 가을 꽃들이 다 스러지지 않았는데,
밤새 이슬 맞아 추레해진 꽃나무 보기 싫다고
뽑아버리고 잘라버립니다.
사람의 마음씀씀이 이렇습니다.

어수선한 것 보다, 지우고 치우고 난 정갈함과
단순함이 좋아보이는 것도 병이지 싶습니다.
타고난 성정이 그런 걸 어떻게 하겠습니까…
그렇게 접어두고 싶습니다.

제 자리, 제 발치에 태어난 것들은, 그렇게 붙은
합니다. 가을 이슬도 맞고 초겨울 서리도 맞고
찬 눈바람 속에서 하얗게 빛 바래도록 살아
가게 두어도 좋을 것을, 두고 보지 못하는
조바심 많은 사람이 가을 들자 치워 버리고
맙니다.
그 마음을 가만히 살피고 있습니다.
그 마음으로 주변에 끼친 상처가 적지 않은
것 새삼스럽습니다. 그저 두고 보고 살아도 좋을 걸…

두고 보고 살아도

어수선한 것보다, 지우고 치우고 난 정갈함과 단순함이 좋아 보이는 것도
병이지 싶습니다.
가을 이슬도 맞고 초겨울 서리도 맞고 찬 눈바람 속에서
하얗게 빛 바래도록 살아가게 두어도 좋을 것을.

꼭 이렇게 생기지는 않았지만 마당 한구석에 별나게 생긴 바위가 있습니다. 오래전에, 큰내가 흐르는 물아래에서 밭갈다 나왔다는 돌이 있어서 옮겨 왔습니다. 임자 없는 것이라 탐을 낸 이들이 많았다는 뒷소식을 듣기도 했었지요. 과히 크지 않지만 휑한 뜰을 덜 심심하게 해서 좋습니다. 돌자랑 하려는건 아니었고요. 이가 아파 치과에 다녀오다 돌을 보게 되니 앉은 자리에서 꼼짝않고 든든히 뿌리 박아 사는 것이 좀 부럽기도 하고해서⋯⋯ 이만 든든해도 고맙고, 눈만 박아도 고맙고 ⋯ 그렇습니다.

든든히 뿌리박아 사는 것

오래전에, 큰 내가 흐르는 물 아래에서 밭 갈다 나왔다는
돌이 있어서 옮겨 왔습니다.
이가 아파 치과에 다녀오다 돌을 보게 되니 앉은 자리에서 옴짝 않고
든든히 뿌리박아 사는 것이 좀 부럽기도 하고 해서⋯⋯.

인기척 없는 데서, 그만
다 내려놓고, 조용히
한가해지고 싶을 때가
있지요? 쉬는 것을
일삼아 해야 한다는 충고를
자주 듣습니다. 그래야 할지…

쉬는 것도 일 삼아 해야

인기척 없는 데서, 그만 다 내려놓고, 조용히 한가해지고 싶을 때가 있지요?
쉬는 것도 일 삼아 해야 한다는 충고를 자주 듣습니다.
그래야 할지…….

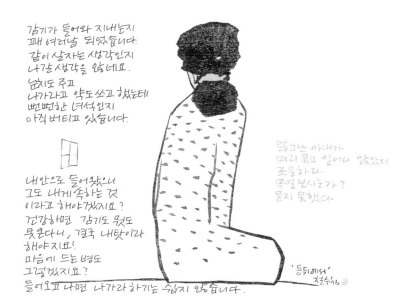

감기가 들어와 지내는지
꽤 여러날 되었습니다.
같이 살자는 생각인지
나갈 생각을 않네요.

눈치도 주고
나가라고 약도 쓰고 했는데
뻔뻔한 녀석인지
아직 버티고 있습니다.

내안으로 들어왔으니
그도 내게 속하는 것
이라고 해야겠지요?
건강하면 감기도 뭣도
못온다니, 결국 내탓이라
해야지요!
마음에 드는 병도
그렇겠지요?

들어오고 나면 나가라 하기는 쉽지 않습니다.

앓고난 아내가
머리 묶고 일어나 앉았다
조용하다.
무얼 보시는가?
묻지 못했다.

'등뒤에서'
정○수96 書

한 번 들어오고 나면

감기가 들어와 지내는지 꽤 여러 날 되었습니다.

같이 살자는 생각인지 나갈 생각을 않네요.

내 안으로 들어왔으니 그도 내게 속하는 것이라고 해야겠지요?

마음에 드는 병도 그렇겠지요?

가난한데서 태어나, 죄 값이 가난한 사람들의 빛으로, 구원이 되고, 위로가 되고, 친구가 되어준, 아름다운 영혼을 기리는 밤입니다.
그빛이 여전히 밝은 것은 세상의 어둠이 아직 사라지지 않기 때문이겠지요? 그분의 십자가를 상징으로 모시는 표지가 때로는 그생애를 모독하고 배신하는 터라, '거룩한영혼의 탄생'이 더 또렷하게 밝은 것인지도 모르겠습니다

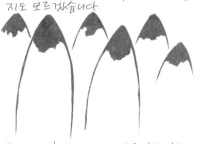

하늘에 영광! 땅에는 평화! 성탄 축하합니다. 이철수드림

굳이 그 영혼의 제자나 자식을 자처하지 않는 사람이라도, 그를 소중히 여기고 사랑하지 말라는법은 없겠지요? 이라크전쟁, 이스라엘건국…… '성지'를 가운데두고 벌어지는 비인간의 양태를 보면서, 슬퍼하는 사람들 가슴에 당신의 위로와사랑이 오시기를 빌고 있습니다

전쟁과 탄생 '성가족'

성탄! 축하합니다

가난한 데서 태어나, 죄 없이 가난한 사람들의 빛으로,

구원이 되고, 위로가 되고, 친구가 되어준,

아름다운 영혼을 기리는 밤입니다.

그 빛이 여전히 밝은 것은 세상의 어둠이 아직 사라지지 않기 때문이겠지요?

날씨 차가워서 뜰에 내린눈이 오래 그자리에 있다. 마음에 생긴 상처를 보는듯하다. 한 오십년씩 살고나면 마음이 상처투성이겠지? 양지의 눈은 쉬 녹고 음지의 눈은 오래 가듯, 마음도 그럴거라! 집에서는 가장이라고, 직장에서는 상사라고, 속내를 드러내 하소연도 못하는 진퇴양난의 인생이 대부분일거라! 마음의 뜰에서 녹아내리지 않는 눈발이 만만찮게 넓다고 느끼는 오십대의 송년이다.

해가 뜬다.
집집마다 하나씩 해가 뜬다.
좋은 날이다.
이렇게 좋은날이다
'이렇게좋은날' 정목수 ♪

겨울 깊어가고 올해도 얼마 남지 않았다. 해는 바뀌지만 시린겨울은 아직 많이 남았다. 인생이 언제나 양지 바르기를 바란다면, 그건 아직 철이 덜들었다는 뜻이겠지? 음지·양지에 한눈 파느라고 해떨어지는 것 앉고 살아서도 안되는게 인생아닌가? 기쁘고 슬픈일 아프고 보람 있고 행복했던 것 두루 우리 재산이라고 생각해야, 연말 손익계산이나 인생결산이 허탈해지지 않을 것 같은데?

인생 결산

날씨 차가워서 뜰에 내린 눈이 오래 그 자리에 있다.
마음에 생긴 상처를 보는 듯하다.
한 오십 년씩 살고 나면 마음이 상처투성이겠지?
양지의 눈은 쉬 녹고 음지의 눈은 오래가듯,
마음도 그럴 거라!

"노숙자가 될 팔자가 따로 있나요?" 그렇게 묻는 노숙인의 이야기가 있었습니다. "왕후장상의 씨가 따로 있느냐?" 했다던 역사 속 인물의 발언도 놀라운 바가 있었지만, 21세기 대한민국의 서울 한복판에서 들려오는 노숙인의 항변은 더 실감있습니다. 왕후장상의 씨가 따로 없다는 사실은 역추화인이 된 세상을 살고 있다는 믿음이 꽤 흔들리는 기분입니다. 왕후장상은 몰라도, 부자의 씨 가난뱅이의 씨는 구별이 될 듯도 싶어서요. 가난도 대물림하고 부유도 대물림하는 세상이 되었으니, 이대로 흘러가다보면 형질이 정착되어 '노숙자의 씨'가 만들어지지 말란 법도 없겠습니다. 거리에 개털이 돌리고, 상품이 되어 버린 성탄트리며 장식조명이 휘황할수록, 노숙·실직·비정규… 의 멍든가슴이 더욱 쓰라릴것 짐작이 갑니다.

주류·기성의 질서와 체제에서 밀려나면 세상의 응달에서 저렇게 고통스러운 삶을 살아 가게 된다는 '살아있는 표본'을 보면서, 한없이 현실적이 되고, 더없이 이기적이 되고, 끝없이 비굴해지는 우리사회의 평균인들에게, 세상은 정글입니다.

영추위빈인데 경수

노숙자가 될 팔자?

"노숙자가 될 팔자가 따로 있나요?"
그렇게 묻는 노숙인의 이야기가 있었습니다.
"왕후장상의 씨가 따로 있느냐?" 했다던 역사 속 인물의 발언도 놀라운 바가 있었지만,
21세기 대한민국의 서울 한복판에서 들려오는 노숙인의 항변은 더 실감 있습니다.

날씨가 무섭게 찹니다.
오늘 밤이 올들어 제일 차가운 날이 되지싶습니다.
가는 손님 배웅하고 , 내년 농사에 쓰일 소석회
더미에 눈 맞지 말라고 비닐 자리를 씌우는 동안
잠시 만난 추위가 만만치 않았습니다.
아직 떠나지 않는 감기 핑계로 자주 못 누리던 긴휴식에
들었습니다. 손님들 심심찮게 오시지만, 쉬면서 맞는
손님이야… 들떠계실 연말, 건강들 조심하시라고.

눈길 걸어
어디를 다녀오다
하나씩 택배사에
조용한 버길
봄길
기교수

쉬면서 맞는 손님

가는 손님 배웅하고, 내년 농사에 쓰일 소석회 더미에 눈 맞지 말라고
비닐 자리를 씌우는 동안 잠시 만난 추위가 만만치 않았습니다.
아직 떠나지 않은 감기 핑계로 자주 못 누리던 긴 휴식에 들었습니다.
손님들 심심찮게 오시지만, 쉬면서 맞는 손님이야…….

다도해를 잠시
바라볼수있었습니다. 멀리서 바라보는 섬이많은 바다는,   틀에 떠섰는 구름
처럼 묵게김   없이 가벼워 보입니다. 가까이 가보면
파도를 건디는
섬들의 인내도 보이고, 거기서
일하며 살아
가는 사람들의 꺼칠한 얼굴도 만날수
있었을테지만, 그날은 하릴없는 구경꾼이었습니다.
고마운 휴식의 순간이었지만, 섬을 고무해주지는 못하는 껍데기 여행이었습니다.

다도해

가까이 가보면 파도를 견디는 섬들의 인내도 보이고,
거기서 일하며 살아가는 사람들의 꺼칠한 얼굴도 만날 수 있었을 테지만,
그날은 하릴없는 구경꾼이었습니다.

파도치는 바닷가. 어판장에는
배가 출어하지 않아 고기가 없다는
이야기였습니다. - 바닷가에서 풍어제
한창이면, 바다밑 에서는 물고기들이
초상을 치를거라는 - 일본 여인의 동시가
떠올랐
2006.1. 습니
이철수 다.
드림

바닷가에서

파도치는 바닷가.
어판장에는 배가 출어하지 않아 고기가 없다는 이야기였습니다.
바닷가에서 풍어제 한창이면, 바다 밑에서는 물고기들이 초상을 치를 거라는
일본 여인의 동시가 떠올랐습니다.

바다는 넓고 그속이 콜깃
감았습니다. 바다가 이고 있는
하늘은 더 넓고 더 커 보입니다.
바다에서는 물고기·해초·소금……
유똥한 것이 많이 쏟아져 납니다.
생각해보니, 하늘처럼 큰 존재는
눈에 보이고 손에 잡히는 이익을
주지는 않는 듯 싶습니다.
그저, 그건 생각이 들었습니다.
때로는, 빈손으로
사랑만 가득하시던……
어머니, 아버지처럼.

사랑만 가득하시던……

생각해보니, 하늘처럼 큰 존재는
눈에 보이고 손에 잡히는 이익을 주지는 않는 듯싶습니다.
그저, 그런 생각이 들었습니다.
때로는, 빈손으로 사랑만 가득하시던…… 어머니, 아버지처럼.

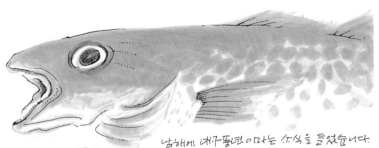

남해에 대구풍년이라는 소식을 들었습니다.
땅에서 짓는농사나 바다에서 짓는농사나
세상에서 대접 받지 못하기는 일반입니다.
보리라고 듣는 풍어 소식이 그래서 더 반가웠는지도 모르겠습니다.
커다란 대구가, 그것도 두마리씩이나, 하늘에서 뚝! 떨어졌습니다.
산골에 산다고 바닷것을 보내신 마음이 저기 부산하늘 아래도 계셔서
겨울산골에 앉아 생대구탕을 먹게되었습니다. 여기 저기 전화해서
대구탕으로 사람들을 불러 모았습니다. 갑작스럽게 연락한 터라 욕심
처럼 큰잔치를 벌일수는 없었지만 다들 달게 먹었습니다. 세상은 때
때로 떼를 끼치면서 행복해지기도 합니다. 사는건 주고 받는 것 인가요?

하늘에서 뚝!

커다란 대구가, 그것도 두 마리씩이나, 하늘에서 뚝! 떨어졌습니다.
산골에 산다고 바닷것을 보내신 마음이 저기 부산 하늘 아래도 계셔서
겨울 산골에 앉아 생대구탕을 먹게 되었습니다.
여기저기 전화해서 대구탕으로 사람들을 불러 모았습니다.

*테이핑의 끝 - 배려.

* 봉투를 테이프로 붙여 보내기도 할때 있지요? 단단히 테이핑해서 보내온 봉투나 상자를 열면서 불편해 하셨던 기억 있으신가요? 테이프 끝을 조금 안으로 접어서 붙여 보내면 열때 손쉽습니다.

매일 매일 꽤많은 우편물을 받게됩니다. 청하지도 않았는데 오는 사보여홍보 자료들도 있고, 시민단체들의 소식지·안내장도 많습니다. 제일 반가운 것은 손으로 써보내는 편지·엽서지요. 오래 두고 보기도하고 오래 기억하기도 하는게 마음담긴 손글씨 글입니다. 우편물 열때 어떻게 하시나요? 손으로 쭉ㅡ? 가위로 싹둑? 아니면 편지칼로 조심스럽게? 정성이 든 편지라면 거칠게 하시라해도 그럴 리가 없겠지요? 겨울저녁에 편지 한장 써 보시지요?

테이핑의 끝

우편물 열 때 어떻게 하시나요?

손으로 쭉? 가위로 싹둑? 아니면 편지 칼로 조심스럽게?

정성이 든 편지라면 거칠게 하시라 해도 그럴 리가 없겠지요?

겨울 저녁에 편지 한 장 써보시지요?

에보 모랄레스라는 사람을 좀 연구해 봐야겠다 싶었습니다. 볼리비아의
대통령 당선자, 사상 첫 인디오 출신 대통령. 아직도 그렇게만 알고 있
습니다. 당선자 자격으로 외국 순방 길에 올랐는데, 알파카 스웨터 한벌
로 네나라째 정상회담을 하고 있다는 깜십성 기사를 보고 호기심이
동했습니다.

누더기로
빛나는 생애
거기 스민
사랑의 향기.

PS\ 겨울답잖게 따뜻한 저녁에
이철수 드림

외교적, 결례라는 의견도 있다지만, 그보다는 신선하고 유쾌하다는
느낌이 더 컸습니다. 대통령과 털스웨터! 재미있어 보입니다.
진골·성골 출신의 대통령이라면 이렇게 파격적인 발상을 하기는 어
려웠을 테지요. 그런 마음가짐으로, 소외된 사람들에게 새로운 희망과
길을 열어주는 '괜찮은 권력'이 되었다는 소식도 듣게 되면 좋겠네요.

대통령과 털 스웨터

에보 모랄레스라는 사람을 좀 연구해봐야겠다 싶었습니다.

대통령과 털 스웨터! 재미있어 보입니다.

진골·성골 출신의 대통령이라면 이렇게 파격적인 발상을 하기는 어려웠을 테지요?

착하게 살기도
힘이 들지요?
착한 선택을
이어가기도 쉬운 일
아닙니다.
털어내고
비우고
나누고
함께 하는 일이,
우리들 누구나
마음속에 데리고 사는
욕심·이기심·나태
안일·비겁……의
준동 앞에 늘
흔들립니다.
힘들어서
지치기도 하지요.
착하게 사는 일이
우리를 가벼워지게
하기도 하지만
무겁게도 만듭니다.

인생에, 제일 큰 물푸는
아무래도 외로움이지.
쓸쓸함
이래도
중고,
오
리
된
수록
철수
더
깊이
다정
해
지는
외로움.

누군들 안그렇겠어요?
너무 무겁고
너무 힘드시거든,
착한 마음이라도
내려 놓으세요.
쉬다보면, 마음
한구석에서 새싹
처럼 여리고 순한
부추김이나 추임새가
나타날지도 모르지요.
참 아름답게, 순수
한마음으로 살아가는
이웃들과 만나면서
분발하게 될 수도
있습니다. 성공과
잉여가 주는 여유도
고마운 일이지만,
어려워도 다버리지
못하는 사랑·연민 재비
더소중한 덕목입니다.

착하게 살기도 힘이 들지요?

너무 무겁고 너무 힘드시거든, 착한 마음이라도 내려놓으세요.

쉬다 보면, 마음 한구석에서

새싹처럼 여리고 순한 부추김이나 추임새가 나타날지도 모르지요.

마음이 큰허공을 난다.
새처럼.
높이 날아오를 수록
지평이 넓어져
큰세상을 보게 되는법. 하지만,
때로 땅위에 내려와
먹이도 얻고
날개를 쉬는 것도
새—날으는 존재의,
피할수 없는 운명이다.
땅위에서
너무오래 머물다
하늘나는 법을
잊게 되지는 않기를 …..

새처럼

마음이 큰 허공을 난다, 새처럼.

높이 날아오를수록 지평이 넓어져 큰 세상을 보게 되는 법.

하지만, 때로 땅 위에 내려와 먹이도 얻고 날개를 쉬는 것도 새— 날으는 존재의,

피할 수 없는 운명이다.

운동화 한켤레값이 무서워 고민하는 수녀님을 만나면 세상이 문득 밝아 보입니다. 진료비 2만원이 너무 부담스럽다는 신부님을 봐도 세상이 환해집니다. 먼길 걸어오시는 스님을 만나면 머리카락 없는 얼굴이 그대로 연꽃등이지요. 값싼 점심을 청하는 저명인사 다시 보게 됩니다. 이름과 제복이 존재의 빛을 빛을 가려 버리지

않아서 반갑습니다. 다른세상에서 살다오신 분들께서 자주하시는 말씀 가운데 제일 가슴아프게 듣는 이야기는 "한국인들은 친구건 가족이건 모여 앉으면 돈이야기만 한다." 입니다. 영혼의 안부보다 재산의안부 를 더 궁금해하는 사람들의 세상에서 우리들이 살고 있는 건가요? 존재의 촛불을 꺼뜨리지 않게 되기를 …… ; 돈이 우리를 삼키게 되지 않기를.

존재의 촛불

운동화 한 켤레 값이 무서워 고민하는 수녀님을 만나면 세상이 문득 밝아 보입니다.
진료비 2만 원이 너무 부담스럽다는 신부님을 봐도 세상이 환해집니다.
먼 길 걸어오시는 스님을 만나면 머리카락 없는 얼굴이 그대로 연꽃등이지요.
값싼 점심을 청하는 저명인사, 다시 보게 됩니다.

밤이 늦었습니다. 마을 어르신 한분 세상 떠나셔서 조문하고 오는 길입니다. 향한데 불당겨 올리고, 낯익은 표정으로 바라보시는 영정에 두번 절하고 사람들 틈에서 잠시 이야기 나누다 오는 일입니다. 그래도 한 스무해 골목이 이어진 이웃에서 자주 보던 분이라 서운함이 큽니다. 마을에 이사해 내려온지 얼마 되지 않았을 때 이 어르신께서 절 찾아주셨습니다. 유람에 가입하라는 말씀을 하려고 오셨다 하셨습니다. 뜻밖이었습니다. 보아하니 한복을 즐겨입고, 낡은 옛가구를 즐겨쓰고, 앉아서 차 마시는

~~▨▨▨▨▨▨▨▨▨▨▨▨▨▨▨▨▨▨▨▨▨▨▨▨▨~~

일이 많아 보이니 젊은 유학자 하면 되겠다 싶으셨던가 봅니다. 완곡하게 사양하는 저를 좀 서운하고 아쉬운 눈빛으로 바라보시던 기억이 납니다. 늘 조용하고 경우바른 어른이시라 뵐때마다 조심스럽곤 했습니다. 두어해 전부터 부쩍 기운이 쇠하신듯 하더니 오늘 세상을 버리셨습니다. 겨울 들판의 마른풀처럼, 생명력이 다해가는 노령의 어르신들이 마을에 많이 계십니다. 농촌인구의 절반이 예순다섯을 넘은 노인들이시라니 농촌이 늙어간다 해도 과언은 아닙니다. 고된 노동으로 우리사회를 일으켜 세우신 분들이 좀 쓸쓸히 이승 떠나시네요.

겨울 들판의 마른 풀처럼

농촌 인구의 절반이 예순다섯을 넘은 노인들이시라니
농촌이 늙어간다 해도 과언은 아닙니다.
고된 노동으로 우리 사회를 일으켜 세우신 분들이
좀 쓸쓸히 이승 떠나시네요.

밖에서 일이 있어 밤을 먹다가
아내 생각 나길래, 도시락에
담아 달라고 하였습니다.
식어 버린 저녁 이지만
아내가 담게 먹는건,
도시락 들고 들어온 남편의
마음을 알기 때문 입니다.
자투리 천 끊어다, 동네 세탁소
아저씨의 '왕년의 솜씨'에 맡겨
옷을 지어다 주면
저는 그옷을 세상에서 제일 좋은
옷인줄 알고 있습니다.
아내의 마음을 제가 아는 때문
이지요.

내심
생일인걸
아무도
몰랐네!
운식구가
기흥차를
구워먹다

'생일축하 합니다 !'
경우2002

엊그제, 그렇게 지어다준
옷이 왔습니다. 허리띠가
번거롭다고 고무줄을 넣어
지은 옷 이지만, 입어서 편
하고, 값도 비싸지 않아서
제 패션이 되었습니다.
세탁소아저씨는 만원을
덜 받겠다시고, 아내는 만원
더 드리겠다 하며 실랑이를 합
니다. '왕년의 솜씨'도 자존심
있으신터라 아내가 만원한장
되받아 넣었습니다.
만원을 덤으로 얻는기분이
들었습니다.

마음

자투리 천 끊어다. 동네 세탁소 아저씨의 '왕년의 솜씨'에 맡겨 옷을 지어다 주면
저는 그 옷을 세상에서 제일 좋은 옷인 줄 알고 입습니다.
아내의 마음을 제가 아는 때문이지요.

죽어 사라지지 않는 생명
어디 있는가?
죽음으로 가는 길.
죽음을 향해가는 여행.
인생은 모두
죽어가는 길 위에서
벌어지는 일입니다.

사다리처럼
끝나는 자리가 있기 마련,
그 막다른데서
무엇을 보게 되는걸까요?
한생애를
아름답게 살고난
이들에게는
아름다운 세상이
　철수 2004

함부로 살고난 이들
에게는 살풍경이
보이게 되는것 아닐까?
밤하늘 별구경을
하다, 그런 생각이
들었습니다. 유치한
생각인가요?
설 명절이 코 앞 입니다.
대소가가 어우러져서
반갑게 이야기 나누실때
이쁘고 따뜻한
이야기들 많으시기를 ……

사다리 - 오르는길, 아름다운 외길. 막다른데서 크게 열리는 …

유치한 생각인가요?

인생은 모두 죽어가는 길 위에서 벌어지는 일입니다.
사다리처럼 끝나는 자리가 있게 마련.
그 막다른 데서 무엇을 보게 되는 걸까요?
한 생애를 아름답게 살고난 이들에게는 아름다운 세상이,
함부로 살고난 이들에게는 살풍경이 보이게 되는 것 아닐까?

우리모두 이 장엄하고 아름다운 세계에 와서
세 내지 않고 살다갑니다. 집값·땅값이 많은
사람을 힘겹게 하는 것 보게 됩니다. 우리 마음은
순수에서 얼마나 멀고 먼지? 아득하게 먼지……
얼마나

얼마나 아득하게 먼지……

우리 모두 이 장엄하고 아름다운 세계에 와서 세 내지 않고 살다 갑니다.
집값·땅값이 많은 사람을 힘들게 하는 것 보게 됩니다.
우리 마음은 순수에서 얼마나 멀고 먼지?

남쪽 어느 수녀원에서 이틀을 묵었습니다. 제게는 조금 낯선 일이었던 '기도'와 '미사'에도 참석하도록 배려해 주셨습니다. 수녀님들의 집에서 묵을 수 있어 행복했느냐고요? 물론이지요! 강론하신 신부님께서도 "여인들 안에서 복되십니다!" 하며 농담을 하셨습니다. 사랑도 많고 미움도 적은 사람들, 헌신과 봉사는 익숙하고 욕심과 호사는 낯선 사람들 — 그런 순결한 영혼들 안에서 이틀이 복되지 않았을 리 없지요. 가벼운 여행길에도 수녀님들이 동행해 주셨습니다. 틈틈이 그 이야기를 해 보겠습니다. 새롭게 느끼고 깨우친 것이 많았거든요. 물질의 호사는 흔하고 영혼의 풍요는 귀해진 세상이지요? 참 아름다운 선택, 수도자의 길. 그 선택이 부럽고 귀해 보였습니다. 물건의 유혹이 늪을 이룬 세상에서, 기도와 관상으로 '나'를 지켜내는 이들의 아름다우신 분투! 그런 이야기가 되겠지요?

남쪽 어느 수녀원에서

참 아름다운 선택, 수도자의 길.
그 선택이 부럽고 귀해 보였습니다.
물건의 유혹이 늪을 이룬 세상에서,
기도와 관상으로 나를 지켜내는 이들의 아름다우신 분투!

입학·졸업. 공부를 마치고 시작하고. 그럴 때가 되었나 봅니다. 아이들은 선물을 기다리기도 하고 새 옷에 설레기도 하겠네요. 그러다가 자칫 마음상할 일도 벌어지고 …. 형편이 어려운 부모님들은 가슴아파할 일 많으실지도 모르겠습니다.

화분에 심은 대파가 미친듯이 자라.

어지럽다. 물주지 말라는걸 …… 자식도 물주지 말라고 ……

아직 어리거나 젊은 사람이라면, 철없이 제생각만 하지말고, 욕심껏 못해주시는 어른들 마음도 한번쯤 생각해 보라고 하고 싶습니다. 욕심껏 하고 자라는게 축복만도 아니잖아요. 과한 애정은 짐짓 사양하기도 하는 젊음을 보고 싶네요. 졸업. 입학. 모두 매듭하나 짓는 일 이지요. 매듭짓고 나면 다시시작. 모두 축하합니다!

물 주지 말라는 걸

아직 어리거나 젊은 사람이라면, 철없이 제 생각만 하지 말고,
욕심껏 못해주시는 어른들 마음도 한번쯤 생각해보라고 하고 싶습니다.
욕심껏 하고 자라는 게 축복만도 아니잖아요.
과한 애정은 짐짓 사양하기도 하는 젊음을 보고 싶네요.

욕망을 툭! 끈다?
말이야 쉽지만, 그렇게
간단한 일이 아닙니다.

어둠을 더듬어서
촛불을 밝히거나
전등을 켜본 사람은
불빛이 열어주는
밝고 환한 세상을
압니다.

마음에도 그렇게
밝은 세계가 있고
어두운 세계가 있다고
느끼시지요?

밝고 어두운 것을
모르고서는
밝은 것을 찾아서

욕망...
off!
툭! 꺼지는 날
어둠끝!
광명 시작!

'ON·off'
김종수 2003

나설 일도 없을 테지요.

어렵게 말할 것은 없고,
싸우려 들고 지지 않으려
드는건 어두운 마음자리,
이해하려들고 품으려
드는 마음 자리는 밝은
자리일 겁니다.

제 부끄러움이 또렷하게
보여도 밝는 자리라고
하겠네요. 불켜면
그런 법이 잖아요?
마음에도, 불켜고 끄는
스위치 자리가 어디
있을걸요? 그것을
찾아서 올려도 보고
내려도 보시자고요.

욕망을 툭!

욕망을 툭! 끈다?
말이야 쉽지만, 그렇게 간단한 일이 아닙니다.
어둠을 더듬어서 촛불을 밝히거나 전등을 켜본 사람은
불빛이 열어주는 밝고 환한 세상을 압니다.

봄이 오시는걸음 바빠지는가 했더니   고로쇠 수액을 받아서 판다는
소식도 들려옵니다. 고로쇠 뿐아니라 단풍나무며 다래나무 에서도
수액을 받아 내닙니다. 하긴 곰쓸개에도 빨대를 박아놓고 사슴
뜩에도 빨대를 박는 사람들이 적지않습니다. 이 계절에는 온갖
나무들이 모두, 땅속의 물기를 끌어올려 봄날 밀어올릴 새싹·새순
을 준비할겁니다. 건드려 잔가지라도 부러뜨리면 눈물 방울처럼
아픈 물기를 쏟아 내지요. 수액의 달콤한 물이 몸에 좋다하는말도
먹을입이 많지않던
옛날말이지, 요즘은
소문한번 나고 보면
산야의 풀·나무·짐승이
거덜이 납니다.
수액이 나무에게는
피와 같을 텐데……
하긴, 세상에 소리친
사람들의 몸뚱이와
답답해진 마음에도

누군가 박아넣은 깊은
빨대의 상처가 새겨
져 있을지 모를 일입니다.
말못하는 존재라고
함부로하는 거친 마음들이
나라곳곳에서 못하는
짓이 없습니다. 봄철,
깊은산속에서도 이러니……

봄날 깊은 산속에서도

수액의 달콤한 물이 몸에 좋다 하는 말도 먹을 입이 많지 않던 옛날 말이지,

요즘은 소문 한번 나고 보면

산야의 풀·나무·짐승이 거덜이 납니다.

수액이 나무에게는 피와 같을 텐데…….

아이들 신이나서 뛰어다녀야 할 들판에 인기척이 없습니다.
겨울 농촌이 적막해진지 오래지만, 쌀값 폭락에 쌀생협상 비준은 통과
하며 연이은 자살농민 소식까지 듣고 보니 사단이 나도 크게 났구나
싶습니다. 농촌 경쟁력 강화에 10년 유예기간을 활용할거라는 소식이
들립니다. 지난 10년도 그 소리 들으면서 보낸 농민들 입장에서는,
날이갈수록 상황이 나빠지기로 약속해놓은 10년을 믿을게 못됩니다
규모영농을 한다지요? 농사규모를 늘려서 소수의 농민에게 농토를 몰아
주겠다는 뜻입니다. 농촌에 젊은이가 없고 온통 노인들 뿐이라 그대로
기다리기만해도 농촌인구는 줄어들겁니다. 투기바람에 하루가 다르게
뛰는 땅값만 생각해도 규모영농은 가망없는 소리지요. 그렇지 않아도
빚이 많아 시골땅은 온통 농협땅이라고들 하는 판에 농사늘리자고 빚
내서 땅을산 젊은 농군이 얼마나 될지? 농산물 가격은 널뛰듯 오르고 내
리는 것도 문제였지만, 이제는 지속적으로
하락세를 이루게 될게 분명합니다. 경쟁력?
가끔 지나가며 인사하는 어린학생들은
도회에서 파산하고 내려와 할아버지할머니와
지내는 결손가정 아이들이기 일쑤입니다.
농촌은 그렇게도 사회의 밑바닥 계층을
지지하는 힘이 되는 곳이지요
그 땅이 꺼져내리고 있습니다.
……

이철수 드림

겨울 농촌

가끔 지나가며 인사하는 어린 학생들은 도회에서 파산하고 내려와
할아버지 할머니와 지내는 결손가정 아이들이기 일쑤입니다.
농촌은 그렇게도 사회의 밑바닥 계층을 지지하는 힘이 되는 곳이지요.
그 땅이 꺼져 내리고 있습니다……

밤마다 도서의 별밭이 된다, 뒹굴이 화살통 흔들고 갔었지만, 기슭의 숲에 이중머진 어린소매, 잡을 처녀는 싱싱히 하밤나라의 친자라고 사라져가곤 했습니다. '서라도저 이야기,' 청수

조용한 시골마을 한구석에서 때로는 세상 모르는 듯 살아가는 팔자가의 삶이 부끄러울 때 있습니다. 마음에 깊은 상처를 안고 사는다 마음의 문을 꽉 닫아버린 어린 소년·소녀들의 삶을 만날때 특히 그렇습니다. 어려운시대라고 내 살림살이 챙기고 건사하기 급해서, 세상의아이들 나 몰라라하고 사는게 마음 아픕니다. 참 작은 사랑만 나누어 줄수 있스므면 범죄의 나락으로 떨어지지는 않을 텐테 …… 하므언서도 자주 잊게 되는게 곁에 없는 세상의아이들 압니다. 불빛휘황한 어둠 속지서 밤을 보내고 정없는 대낮에 양지에서 봄을 녹이고 있을 어린 영혼들 에게 별나게 아름다운 내일이 있을리가 없습니다. 신자유주의경제 는 어둠의아이들을 쏟아내는 기게같습니다. 찬란한 어둠, 밝은그늘.

찬란한 어둠, 밝은 그늘

어려운 시대라고 내 살림살이 챙기고 건사하기 급해서,

세상의 아이들 나 몰라라 하고 사는 게 마음 아픕니다.

참 작은 사랑만 나누어줄 수 있으면 범죄의 나락으로 떨어지지는 않을 텐데……

하면서도 자주 잊게 되는 게 곁에 없는 세상의 아이들입니다.

겨울길 다녀보니
먼 산은 언제나~ 흰눈
나려놓지 못하고 겨울을 나는가 봅니다. 멀고 높은 산
이라 그렇겠지요? 산이 낮으면 낮은대로, 높으면 높은 대로,
거느리는 나무가 다르고 깃드는 짐승이 다릅니다. 저 높은데서도 사는
사람이 있겠지만 사람은 대개 낮은데서 삽니다. 겨우내 눈 녹아내리지
않는 자리에서 외롭게 살아가기 싫은 탓입니다. 인적 없어 적적한
자리는 단순한 삶의 자리 이기도 할테지요? 단순한삶도 견디지 못하고
외로움도 청빈도 받아들일수 없는 우리들은 길로길로 쏘다닐 뿐이었습니다.

길로 길로 쏘다닐 뿐

저 높은 데서도 사는 사람이 있겠지만 사람은 대개 낮은 데서 삽니다.
겨우내 눈 녹아내리지 않는 자리에서 외롭게 살아가기 싫은 탓입니다.
단순한 삶도 견디지 못하고 외로움도 청빈도 받아들일 수 없는 우리들은
길로 길로 쏘다닐 뿐이었습니다.

왜 이렇게 따뜻하지요? 괜시리 불안해 지기도 합니다. 당분간은 봄 같은 날이 이어진다니 그저 지내기는 괜찮하겠습니다. 밤늦은 길을 잠시 걸어 들어 오는데 봄밤처럼 푸근하고 맑은 대기가 감미로울 지경입니다. 심호흡으로 가슴을 씻어 냅니다. 맑은 바람은 돈 내라는 법도 없습니다. 그길을 한참 걷고 싶었는데……

자주, 심란하며 지냅니다.
돈내고 쉬라하는 자리에는
온전한 휴식이 없는 듯 싶습니다.
햇살·바람·맑은공기·푸르름 — 그안에서
조용한 사람. 그거면 될터데……
제가 저를 못살게 구는 셈입니다.
그 당연한
이야기들……

이철수 드림

'해바라기' 천촉

햇살, 바람, 맑은 공기

왜 이렇게 따뜻하지요? 괜스레 불안해지기도 합니다.

당분간은 봄 같은 날이 이어진다니 그저 지내기는 괜찮겠습니다.

심호흡으로 가슴을 씻어냅니다. 맑은 바람은 돈 내라는 법도 없습니다.

이 추위에도 지하도에서
한데잠을 자는 이들이
있다지요? 차가운 바람이
그 마음조차 얼어붙게
할것 짐작이 갑니다.

잠시 쐬는 찬바람에도
몸이 얼어붙는데, 온종일을
하루이틀도 아니고 내내
그 안에서 견디자면
몸도 마음도 다 망가지고
말 텐데……

추운 잠

이 추위에도 지하도에서 한뎃잠을 자는 이들이 있다지요?
잠시 쐬는 찬바람에도 몸이 얼어붙는데,
온종일을 하루이틀도 아니고 내내 그 안에서 견디자면
몸도 마음도 다 망가지고 말 텐데…….

겨울비 일밤. 밤새 비가 오시더니, 오늘은 겨울밤안개가 하룻밤 묵어갈
생각인가 봅니다. 가로등 불빛이 짙은 안개 속에서 희미하고 뭉툭한
노랑으로 번지고 있었습니다. 오늘 마지막 손님이 된 두 남자가 안개
속으로 떠나는 뒷모습이
영화 속 한 장면
같았습니다.
"두 사람 걸어가는
모습이 영화 같다!"
그렇게 이야기하고
돌아들어 왔습니다.
세상 이야기로 나누고 싶은
소감들 없지 않습니다만,
오늘은 몽환적인
안개 이야기로
대신 하려합니다.
모처럼 내린 비에
겨울 대지가 목마름을 잊게 된 것이 고마웠는데, 밤안개가 겨울밤을
외투처럼 감싸 안아 주는듯 해서 마음이 푸근합니다. 조금은
여유로워진 기분으로 하루 마감하고 싶었습니다. 다들 평안하시지요!

그렇게,

밤안개

오늘 마지막 손님이 된 두 남자가 안개 속으로 떠나는 뒷모습이
영화 속 한 장면 같았습니다.
"두 사람 걸어가는 모습이 영화 같다!"
그렇게 이야기하고 돌아 들어왔습니다.

아내와
고추밭을 치우느라
해거름에 밭에 있다하니
동네 어르신이 지나다 한마디하십니다.
"오늘, 일 많이 했네?"
"예—!"

농사일은 움직여야 해결이 됩니다.
방에 앉아서 생각 많이하고
얕은 꾀를 내 봐야 소용없지요.
밭에 나가 호박넝쿨 걷어내고 나야
호박덩이 집안에 들여 놓을수
있지요. 말라가는 고추대 뽑고
고추말뚝 치우고 비닐 걷어내야 빈밭에 내년농사 기약할수 있습니다.
어디나 그렇듯 돈주고 사람사서 일할수야 있지요만, 고추밭 치우자고
사람샀다는 소문나면 동네에서 못삽니다. 일도 일 같아야 남에 손을
빌리지요! 어느 재벌 그룹은, 뒷탈 있으면 늘 간부들이 법적책임을 떠안
고 나서네요? 품값 넉넉하게 주면 못할 일이 없다하는 세상이 되었습니다.

'일하는 남자' 효순 2004

일

아내와 고추밭을 치우느라 해거름에 밭에 있다 하니
동네 어르신이 지나다 한마디 하십니다.
"오늘 일 많이 했네" "예-!"
농사일은 움직여야 해결이 됩니다.

자주 보내는 선생님 덕분에 뜨거운 꼼치국 한 그릇 얼른 먹었습니다.
동해바다 다녀오시는 길에 꼼치 한 마리 사다 주신 것을 시원한 꼼치
국으로 끓여 몹쌀난 몸뚱이에 부어넣으니 몸도 훈훈하고 좋았습니다.
동해바다에 살다 운이 나빠 그물에 들었겠지요? 바닷가 어판장
시멘트바닥에 흐물거리는 몸을 부려 엎드려 있다가 지나던 이의
눈에 들어 비닐 봉지에 담겼을 겁니다. 이미 토막난 봄이었겠지요?
동해바다 깊은 물속에 살다가 백운산골에 뼈를 흩은 물꼼 한 마리,
마지막 가는 길이나 화사하라고 붉은 고춧가루 넉넉히 뿌려 주고
다 먹어치웠습니다. 고맙고도 슬픈 인연이구나! 오늘 저녁 밥상!

오늘 저녁 밥상

동해바다 깊은 물속에 살다가 백운산골에 뼈를 흩은 물꼼 한 마리,
마지막 가는 길이나 화사하라고 붉은 고춧가루 넉넉히 뿌려주고
다 먹어치웠습니다.
고맙고도 슬픈 인연이구나!

춥네요! 겨울이라 추운것 당연하긴하지만, 그래도 매서운 추위가 연일 이어져 마음조차 오그라드는 기분입니다. 해떨어진 길거리가 한산합니다 다들 따뜻한데 찾아들어 옴짝도 않는가 봅니다. 너무 춥지 않은집에서, 먹을것 있고 식구들끼리 다정하면 충분하겠지요?

춥네요!

해 떨어진 길거리가 한산합니다.
다들 따뜻한 데 찾아들어 옴짝도 않는가 봅니다.
너무 춥지 않은 집에서, 먹을 것 있고 식구들끼리 다정하면 충분하겠지요?

아침 상에 진진고구마 두어쪽 올라 있었습니다. 밤새 기온이 내려갔듯 합니다. 싸늘해 지면 군고구마 한개, 좋은 군것질입니다. 난로 없으니 고구마 구을테도 없습니다. 궁상 맞당하는 세건파들도 계시겠지만 연탄난로 피워놓은 사무실에 들러 잠시 앉아 이야기하면서 은행알 구워 먹던 날 참 좋았습니다.

세건철 분들과 소박한 난로위의 은행알도 괜찮은 조합 이던데요? 그위에 고구마두엇 얹혀 있어도 다정한 그림이 되었을 겁니다.

허장성세 없는, 정직하고 건강한 사람들의 공간이 분명해 보여서 더 좋았습니다.

꺼덕테기 뿐인 긴절과 병적인 강렬에서 깊은 감동을 얻기는 어려운 법이지요? 차가워지는 날씨에, 당장 먹을 것이 모자라고 아이들 필요한 푼돈이 아쉬워 마음이 오그라진 부모도 있을터입니다. 그 절박한 마음을 헤아리는 여뜻한 마음 없으면 식은 연탄재와 다를 것이 없지 않을까요? 식은재도 괄괄 연탄위에서 다시 탑니다. 우리 마음도 그럴까?

연탄

차가워지는 날씨에, 당장 먹을 것이 모자라고 아이들 필요한 푼돈이 아쉬워

마음이 오그라진 부모도 있을 터입니다.

그 절박한 마음을 헤아리는 따뜻한 마음 없으면

식은 연탄재와 다를 것이 없지 않을까요?

짧은여행에서 돌아와보니 뜰에 눈이어쩌근하고, 먼산도 익숙하던 그 모습 그대로 눈앞에 있습니다. 익숙하던 자리에 앉아 편안해지겠습니다. 길에 나서면, 짐보따리보다 낯가림이 심한 마음이 더 무겁고 번거로운 짐이 됩니다. 앉은자리에서 그렁저렁 살다가라는 팔자인가 봅니다. 잠시 바다를 보고 와서, 이제 콘파도처럼 솟아있는 먼산을 바라보고 있습니다. 큰자연에는, 덤비지말고 가만히 안기라고! 길에서 들은 말입니다.

길에서 들은 말

길에 나서면, 짐 보따리보다 낯가림이 심한 마음이
더 무겁고 번거로운 짐이 됩니다.
앉은 자리에서 그렁그렁 살다 가라는 팔자인가 봅니다.

봄

물흐르고 꽃피는 자리
가볍게 기쁜 곳

그럼요!
그럴거예요!
봄날 환해진 허공을
신이나서 날갯짓하는
새들의 춤.
우리들 마음도, 새처럼, 봄기운에 겨워
· 새들의 춤 - 춤추고 싶어지는 날이
형숙   올거예요! 끝!
2005

새들의 춤

그럼요!

그럴 거예요!

봄날 환해진 허공을 신이 나서 날갯짓하는 새들의 춤.

우리들 마음도, 새처럼,

봄기운에 겨워 춤추고 싶어지는 날이 올 거예요! 끝!

'햇살·나무들판생' 김수 2004

숲속에 들어와 보니, 곳곳에 잔설이 남아 있는데도, 봄에 피는 꽃나무에는 꽃눈에 물이 돌았습니다. 잔설이 다 녹아 내리고 따스한 기운이 더 많아지면 산천에 꽃소식은 오겠지요? 그 꽃소식과 함께 비정규직 노동자들의 정규직화도 이루어지면 좋을 텐데요. 온일하고 반품값을 받는 차별도 문제지만, 늘 재계약을 걱정하며 일하는 불안정한 일자 리는 더 큰 문제지요? 아이들도 키워야하고 먼미래도 준비해야하는데…

꽃눈에 물이 돌았습니다

꽃 소식과 함께 비정규직 노동자들의 정규직화도 이루어지면 좋을 텐데요.
온 일하고 반 품값을 받는 차별도 문제지만,
늘 재계약을 걱정하며 일하는 불안정한 일자리는 더 큰 문제지요?
아이들도 키워야 하고 먼 미래도 준비해야 하는데……

농사 일손이 바빠지는 철입니다.
논밭 야산을 두루 돌아 보니, 빈들
조용히 채워가는 봄기운이 한
마디 하는 듯 합니다.

뿌리만 살아 있으면!
다시 시작 할 수 있다고.

그럼요!
그럴 수 있지요.
흙에 뿌리 내려 고단하게 살면서,
우리 앞에 드러 내는 것은 언제나
싱싱한 푸르름 고운꽃과 열매진
초록생명들 입니다.

그 생명들이 봄을 환하게 만드는
잔치 자리에 당신을 청하고
싶습니다. 그 어디서나 생명과
존재를 긍정하는 마음 자리에서
한바탕, 야단법석도 좋으려니.

뿌리만 살아 있으면!

논밭 야산을 두루 돌아보니,
빈 들 조용히 채워가는 봄기운이 한마디 하는 듯합니다.
뿌리만 살아 있으면!
다시 시작할 수 있다고.

누구나 그럴 테지요? 크건 작건 잘났건 못났건 부모의 그늘에서 쉬고
추스르고 다시 시작합니다. 제 어머니는 늘 조용한 그늘이십니다.
말씀 없으시지요. 제 소년기에, 벗장치하고 온 식구가 뿔뿔이 흩어지
던 그날도 묵묵하셨습니다. 가난한 셋방에서 다시 모여 살게 된
어느날도 그러셨지요. 가난도 내색하지않고 기쁨도 내색하시지
않았습니다. 필요하면 묵묵히 품을 팔고, 조용히 초라한 밥상을 차려
오셨습니다. 제 사춘기에 밖으로 나돌며
방황하던 시절에도,
긴 외출(?)을 마치고

돌아오면, 그날 아침에 나갔다 온 자식인듯 조용히 맞아주셨습니다.
말 없으셨지만, 온몸으로 하시는 말씀이 없진 않았습니다.
－네 아픔을 이해한다. 미안하구나! 내가 너를 아프게 지켜보고 있
다.
그런 말씀이, 침묵속에
담겨 있었습니다.
입열지 않고
말씀하시는 방법을
알고 계셨습니다.

말 없는 말씀

제 어머니는 늘 조용한 그늘이십니다.

제 사춘기에 밖으로 나돌며 방황하던 시절에도, 긴 외출(?)을 마치고 돌아오면,

그날 아침에 나갔다 온 자식인 듯 조용히 맞아주셨습니다.

말 없으셨지만, 온몸으로 하시는 말씀이 없진 않았습니다.

－네 아픔을 이해한다. 미안하구나! 내가 너를 아프게 지켜보고 있다.

부처는 작은 왕궁의 호사를 버리고 깨달음의 길로 나섰습니다. 예수는
가난한 처지로 이 세상 오셨지요. 한 번도 넉넉해져 볼 적이 없었습니다.
가난을 배우지 못하면 값은 존재와 만날 기회가 없을 거라는 생각이
듭니다. 세상 살면서 배운 것을 하나씩 꺼내놓아 볼 때가 있습니다.

별리 바다에서. 어쩌는 별들의 바다에서 이들이
그렇거늘 다시 떠나갈 곳 그렇도 거기
만신하나, 같이 있게 되기를 ……

'별리 바다에서' 천우 2006

벌써 얻은 것이 적지 않은데 더 얻고 싶은 것이 많습니다. 이건 내 물건이다
라고 생각하고 마음에 담아놓은 것도 많네요. 지혜로운 이들이 늘상
일러주신 말씀은 귓등으로만 듣고, 몸은 언제나 욕심이 시키는 대로
살아갑니다. 인생이 별빛도 없는 칠흑의 어둠 속으로 빠져드는 듯 ……

가난을 배우지 못하면

벌써 얻은 것이 적지 않은데 더 얻고 싶은 것이 많습니다.
이건 내 물건이다라고 생각하고 마음에 담아놓은 것도 많네요.
지혜로운 이들이 늘상 일러주신 말씀은 귓등으로만 듣고,
몸은 언제나 욕심이 시키는 대로 살아갑니다.

조용히
마음살피면
아름다운세상이
보인다.

그 세상에서
한번
살아보고 싶다.

이세상은
갈수록
힘겹다.

이긴
사람도
힘겹고,

진
사람도
어렵다.

밤에서 겨울 한철
지난 호박통한놈이
미이라가
되었는지
조용한
얼굴이다.
닳이 갈버려고ㅁ
해진 사람처럼.
2005

—참 몹쓸
세상이다
그래도
애써
아름답다
하자.

애써, 아름답다 하자

조용히 마음 살피면 아름다운 세상이 보인다.
그 세상에서 한번 살아보고 싶다.
이 세상은 갈수록 힘겹다.
이긴 사람도 힘겹고, 진 사람도 어렵다.

대개 짐승들은 설사병에 걸리면 맥을 못추는듯 합니다. 특히 강아지때 설사병에 걸리면 개 풀이 나기 어렵습니다. 닭도 설사 심해 지면 생명이 위태로워 지던데요? 이야기하다 보니 짐승들 이라고 해봐야 제가 키워본 가축 이야기 일 뿐입니다. 토끼쯤 보태고 나면 더 안다 할 짐승도 없습니다. 어찌되었건

건강한 똥은, 똑 풍긴다.
제주인의 철쭉
득을 더럽히지 않고, 몸밖으로 나가지

뒤를 보고 휴지 잔뜩 써대는 짐승은 사람 뿐입니다. 닦아야 할 데가 많다는건 그만큼 건강하지 못하다는 뜻이지 싶습니다. 활동량이 많고 먹은것을 충분히 소화 흡수하고난 짐승이라면 단숨에 배설을 마치기 마련 입니다. 닦을 것 없이 깨끗하게 똑 떨어지는 똥을 누는거지요. 건강한 사람도 마찬가지 일걸요?

건강한 똥

활동량이 많고 먹은 것을 충분히 소화 흡수하고 난 짐승이라면
단숨에 배설을 마치기 마련입니다.
닦을 것 없이 깨끗하게 똑 떨어지는 똥을 누는 거지요.
건강한 사람도 마찬가지일 걸요?

내집개가
허름한 입성보면 짖는다

개는 주인 닮는다는터…
— 개자식!

장터, 손님 맞는집 개처럼
젖다지쳐 묵묵해 질 듯합니다.
정치!
그 끝없이 추악한 마음들의 대행진.
알고 있던 터였지만
질려버릴것 같다.
이미, 질려버렸다.

상종하고 싶지않다.
눈감아 버리고 싶다.
뒤돌아서고 싶다.
잊어버리고 싶다.
떠나고 싶다.

개떼들. 먹이를 두고는
힘있는 것이 먼저, 저희간에는
서열이 명백하지만,
먹이를 구할때는 용맹스럽게
한통속이 되는 집단.

세상은 우리를 돌아버리게한다
개떼들은 국민을 먹잇감으로
여긴다. 관·언·경을 기르는
검은손은 누구일까?

개떼들

먹이를 두고는 힘 있는 것이 먼저, 저희 간에는 서열이 명백하지만,

먹이를 구할 때는 용맹스럽게 한통속이 되는 집단.

세상은 우리를 돌아버리게 한다.

개떼들은 국민을 먹잇감으로 여긴다. 관·언·경을 기르는 검은손은 누구일까?

집값이 하늘 높은 줄 모르고 뛰고, 땅값도 덩달아 뛰고 서민들
마음도 뛰기 마찬가집니다. 헌법 같은 특기 억제책을 고민하고
있노라고 호언했지요? 두고 보자하고 눈부릅뜬 서민들 얼마나
많은지 아시겠지요? 집값이 별처럼 멀리 사라져 가서 하늘에
별처럼 아스라해진 것 아신다면, 섣부른 타협은 꿈도 꾸지 말기
바랍니다. 집이 땅에 있어야지요.
하늘에 뿌리 박은 집은 선문답에나
있는걸로
족합니다.

집이 허공에 떠다니는 세상을 끝내주시기를…

집이 허공에 떠다니는 세상

집 꿈이 별처럼 멀리 사라져가서 하늘의 별처럼 아스라해진 것 아신다면,

섣부른 타협은 꿈도 꾸지 말기 바랍니다.

집이 땅에 있어야지요.

하늘에 뿌리박은 집은 선문답에나 있는 걸로 족합니다.

자고 깨어나면,
늘 아침!
햇님은 내가 청하지않았지만……
— 늘 오시는 손님이지만,
손님 들어오시기전에
이부자리는 내손으로
개어 얹어야겠다.
봄날 제다짐입니다.

혼자 하는 다짐

자고 깨어나면, 늘 아침!
해님은 내가 청하지 않았지만…….
늘 오시는 손님이지만,
손님 들어오시기 전에 이부자리는 내 손으로 개어 얹어야겠다.
봄날 제 다짐입니다.

남녘에는 벚꽃 흐드러진 봄일 터인데요.
미군기지 이전한다는 평택 대추리벌은
전경들과 이전반대하는 농민·시위
대들의 대회전이 벌어져 아수라인
모양입니다. 마음은 자주 '빼앗긴들'
에 가 있었습니다만, 오늘도 여기서
소식을 듣습니다. 죄스럽고 부끄러운
마음을 지우기 어렵습니다. 앞세대에게서 물려 받은 역사의현실이
우리세대에서 확대 재생산 되고 있는 참담한 현실. 그게 안타까
운거지요. 빼앗긴들에 봄이라고 피는 꽃! 그앞에 차마 꽃노래는 못부르고.

벚꽃 하염없이 피날,
제비떼 돌아 와서 강마다,
칼겨운 이때도.
그자리에.
처참하던 벚꽃
하염없이 흩어질 것이!
'벚꽃 봄날'
철수 2006

빼앗긴 들에, 봄이라고

마음은 자주 '빼앗긴 들'에 가 있었습니다만, 오늘도 여기서 소식을 듣습니다.

앞 세대에게서 물려받은 역사의 현실이

우리 세대에서 확대 재생산되고 있는 참담한 현실.

그게 안타까운 거지요.

빼앗긴 들에 봄이라고 피는 꽃! 그 앞에 차마 꽃노래는 못 부르고.

서 있는 나무마다 봄기운이 곱습니다. 목련이 촛불처럼 작고 환합니다.
벚꽃도 망울이 지고, 마당에 손님들이 많습니다. 이름도 모르는 손입니다.
잡초라고 싸잡아 부르지요? 하루 이틀 아니라 여러날 묵어갈 모양입니다.
거참, 봄부터 손님치레가 여간 아니게 생겼습니다. 봄밤이 참 좋습니다.

손님치레

서 있는 나무마다 봄기운이 곱습니다.

목련이 촛불처럼 작고 환합니다.

벚꽃도 망울이 지고, 마당에 손님들이 많습니다.

이름도 모르는 손입니다. 잡초라고 싸잡아 부르지요?

-제가 좋아하는 글쟁이는
원고료가 너무 많으면
그렇게 많은 돈은
못 받는다고 사양
하신다네요.
원고지 한장 메꾸는
값이 양파한 수레라
값으니
손끝을 까딱여 받는
수고비라는 용납하기
어렵다는게
이축라고 하셨답니다.

-받아서, 어려운데 주지…
하시는 이도 계십니다.
일리 있는 말씀입니다.
정답을 찾기가
어려운 문제인듯
합니다.

-제손으로 지은 쌀을
어려운 이들을 위한

시설에 보낼 일이 있습니다.
유기농 쌀을 시설에 보내
게 된 일을 두고 누군가
물었습니다. "그쌀을
팔아서 일반쌀을
사주면 곱절은
보낼 수 있을텐데…"
그럴 수 있지요.
터무니 없는 말씀은
아닌듯도 합니다.
하지만, 제
아내의 대꾸가 좀더
마음에 와 닿았습니다.
"어려운 사람들은 좋은쌀
좀 먹으면 안되나요?"
해답은 없지만,
마음은 통한 셈
입니다. 그렇게,
살아보는 거지요, 뭐.

천수 '一燈'

해답은 없지만, 마음은 통한 셈

유기농 쌀을 시설에 보내게 된 일을 두고 누군가 물었습니다.
"그 쌀을 팔아서 일반 쌀을 사주면 곱절은 보낼 수 있을 텐데……."
하지만, 제 아내의 대꾸가 좀더 마음에 와 닿았습니다.
"어려운 사람들은 좋은 쌀 좀 먹으면 안 되나요?"

오늘도 하늘에 별이 그득했습니다. 저 별빛이 눈물이라면 통곡이고, 희망이라면 벅차오를 만큼 크고 많습니다. 참 많은 별들이 세상의 지붕에 아로새겨져 있습니다. 밤하늘에 별들이 그득하면 첫사랑처럼 설렙니다. 멀리 있어도 그리움은 깊고 별들의 표정은 언제나 처그금 아름답습니다. 오래 함께 있었고 싶어집니다.

그 별하늘과 만나면, 이것으로 족하다! 하게 됩니다. 좋으니까요! 그려보아도 그 하늘 그 별이 아닙니다. 사진으로 찍어보아도 그 하늘 그 별은 아니지요. 만져볼 수도 없고, 다가갈 수도 없고, 내것 삼을 수도 없는데. 짝사랑 인가요? 그 별하늘이 이렇게 좋으니 ……

그 별 하늘과 만나면

오늘도 하늘에 별이 그득했습니다.

저 별빛이 눈물이라면 통곡이고, 희망이라면 벅차오를 만큼 크고 많습니다.

참 많은 별들이 세상의 지붕에 아로새겨져 있습니다.

밤하늘에 별들이 그득하면 첫사랑처럼 설렙니다.

당신 앞에라도 정직해 지고 싶어요. 부끄럼 없이 다 벗은
마음으로 그 앞에 서고 앉을 수 있으면 가벼워 질 듯 해서.
늘 가볍고 홀가분한 마음으로 세상을 살다가, 그래도 어쩔
수 없이 자리차지 하는 무거움 생기면 다시 당신 앞에 와서
이야기 다 쏟아 내고 싶어요. 때로 말없이도, 그럴 수 있기를……

당신 앞에라도……

당신 앞에라도 정직해지고 싶어요.
부끄럼 없이 다 벗은 마음으로
그 앞에 서고 앉을 수 있으면 가벼워질 듯해서.

이념이나 색깔이나 하는것이
무엇인지도 모르는 나이에도 우리는
그안에서 살았습니다.
편협한 이념의 감옥에서 살아왔다고
해도 좋을겁니다. 색깔이 두려워서
색맹을 자처하고 살아온 터이기도합니다.

철조망이 꽃처럼
춤이라도 추는듯 보이는
판화를 새겨 보기도 했지만

현실속의 철조망은 늘 거친칼끝처럼
아프고 고통스러운것이었습니다.

가난을가난이라 말하는것도,
진실을 진실이라 말하는것도, 모조리
철조망이 가로막아서는 현실을 살아왔습니다.
그세상을 살면서 어느덧 마음깊이 아로새긴것
굴종의 내면화 였나 봅니다. 현실을 잊게하는
열광과 우상숭배에 영혼을 내어맡기고, 때로
양심을 팔지만 부끄러움을 모릅니다.

성공과 그가능성 앞에, 이웃뿐아니라
나자신도 기꺼이 버리는 나를 봅니다.

부끄러움을 모릅니다

가난을 가난이라 말하는 것도, 진실을 진실이라 말하는 것도,
모조리 철조망이 가로막아서는 현실을 살아왔습니다.
그 세상을 살면서 어느덧 마음 깊이 아로새긴 것,
굴종의 내면화였나 봅니다.

어머니!
하고 낮은 목소리로
불러 보았더니,
세상 모든 어머니가
대답하시는 듯 합니다.
깊고 넉넉하고 따뜻한
모성을 닮은 것들로
세상이 가득차 있으니
어머니! 하고
부르면, 그 모든 것들이,
어머니의 눈길처럼 자애로움 가득해져서 어리석은 우리를 바라보기
마련입니다. 어버이 날이라고, 카네이션을 만드는 콩아이의 손
솜씨를 지켜 보았습니다. 제 노모께서는 이렇게 말씀하셨지요.
- 야야. 아무것도 사지 말아라. 다 있다. 나이 먹어서 이것저것
쌓아놓고 살면 뭐하노. 전부 다 짐이더라. 무슨무슨 날은 누가
만들어 놓아서 신경쓰이게 하노?
그런 목소리가 어머니 목소리지요. 고맙게 들었습니다.
참고단하게, 당신의 뼈와 살과 마음으로 어린 생명을 길러 주신
세상의 어머니들 아주 잊고 살지는 말라고 이런 날을 만들었을
터지요? 고마움 그득하게 담은 목소리로 인사드리자고, 오늘 다시.

어머니! 하고 부르면

깊고 넉넉하고 따뜻한 모성을 닮은 것들로 세상이 가득 차 있으니
어머니! 하고 부르면, 그 모든 것들이, 어머니의 눈길처럼 자애로움 가득해져서
어리석은 우리를 바라보기 마련입니다.

봄이 따끈따끈하다 싶더니 봄비 뿌리고나서 바람이 삽삽해
졌습니다. 부지런한 이들은 벌써 논에 써레질·번지질을
다 했습니다. 곧 모내기 한다는 뜻이지요. 농사 짓고 살면
계절따라 피하지 못하는 '때'가 있습니다. 제때 씨를
뿌리지 못하면 온전한 결실을 얻을 수 없으니 계절의 명령을
거스르지 못합니다. 하늘은 말 없는 듯해도 엄정한 데가
있어 하늘입니다. 군소리 없지만 그뜻이 분명해서, 기강을
세우는데 어려움이 없지요. 변덕없이 반듯한 행이 곧 말입니다.

하늘의 조용한 말씀

농사짓고 살면 계절 따라 피하지 못하는 '때'가 있습니다.
제때 씨를 뿌리지 못하면 온전한 결실을 얻을 수 없으니
계절의 명령을 거스르지 못합니다.
하늘은 말 없는 듯해도 엄정한 데가 있어 하늘입니다.

해왔는동안 세상에서 먹이를찾아 배를채우고, 지는해떠라 숲속에 들어가
밤을지내는 새떼들의 저녁 비상은 아름다워서 장관입니다.
그래, 새들은 먹이를찾아 배를채우고, 짝을찾아 알을낳고, 알을품어 새끼를
까고, 새끼를키워 쿰허공에 날개를 펴고 날게하는 일을 본분으로 알아서,
오늘도 내일도 부지런할테지요. 새도 서로 먹이를 다투고 자리를 다투기는
할테지만 둥지서너 채를 꿈꾸거나 경관을 두고 시샘하지는 않을 듯 합니다.
무욕은 아니지만, 과욕을 부리지 못하는 존재, 존재를 두고 우리는 흔히 미물이라
하면서 하찮게 여깁니다. 배워야할것이 숱 많은 생명을 두고 미물이라
하는 우리 마음이 스스로가당치 않습니다. 세상에, 사람만큼 욕심사나워서 제
것두고 남에것까지 빼앗아오고 쾌재!를 부르는 생명이 어디 있으려구요!

무엇이 미물인가요?

새도 서로 먹이를 다투고 자리를 다투기는 할 테지만
둥지 서너 채를 꿈꾸거나 경관을 두고 시샘하지는 않을 듯합니다.
무욕은 아니지만, 과욕은 부리지 못하는 존재,
그 존재를 두고 우리는 흔히 미물이라 하면서 하찮게 여깁니다.

눈이 많이 나빠지고, 눈동자도 마르는듯 싶고····.
날씨더위 일하기도 힘드는데 콘경기가 좋기도
해서 뜨거운 오후에 시내로 나갔습니다.
안과에 들러 검사하고, 새로 맞추의안을
안경도 주문하고, 오늘
길에 아파트가 많은 동네이서
빙수 한 그릇씩 먹기로
하였습니다. 아내와
함께 갔거든요.

넥타이!

가게에
탁자라고
달랑하나,
의자 서넛 있는 데서 빙수를 시켰는데,
엄마가 빙수 만드는 동안
무료한
유치원생
꼬마가 있어
인사하였습니다.
좋이접기하던 꼬마가 선물이라면서
하나씩 접어준 것이 이렇게 많습니다.
야! 이쁘구나! 이게 뭐지? 고마워?
고마워! 잘 만드는구나! 고마워! 고마워! 고마워!

하트!

※나머지는
알려주지
않았습니다.

고마워! 고마워!

종이접기 하던 꼬마가 선물이라면서
하나씩 접어준 것이 이렇게 많습니다.
야! 예쁘구나! 이게 뭐지?
고마워? 고마워! 잘 만드는구나! 고마워! 고마워! 고마워!

냉전체제가 지나고, 세계는 삼극체제가 각축을 한다는데……
그 안에서 이 작은 한반도는 요동을 치는 기서입니다. IMF·FTA
이라크침공·동아시아 미군재배치, 미군기지 평택이전…… 어느
것하나 우리와 무관하지 않고, 거대한 힘들의 각축 와중에 우리

작은 나라의 운명은 갈수록 불안정합니다. 그 불안정성이 기회고
가능성이라고 말하기는하지만, 제 앞가림에 여념이 없는'우리
들'이 불안정의 틈을 비집고 새로운 길을 찾아갈수 있을지는 확신
하기 어려워 보입니다. '나'와 '우리'를 지키기 쉬운일은 아니지요!

찾아갈 수 있을지

거대한 힘들의 각축 와중에 우리 작은 나라의 운명은 갈수록 불안정합니다.
그 불안정성이 기회이고 가능성이라고 말하기는 하지만,
제 앞가림에 여념이 없는 '우리들'이 불안정의 틈을 비집고
새로운 길을 찾아갈 수 있을지는 확신하기 어려워 보입니다.

'소가 운다. 끝까철을 닮이 없다.' 첫句

이 판화도 해묵은 녀석입니다.
우루과이 라운드를 겪으면서 새겼지 싶습니다. 황소의눈물!
농업의 위기를 이야기해온 내력이 이렇게 길었는데
아직도 농업의 위기는 계속 되고 있습니다. FTA협상도
농업의 위기에 먹줄을 띠는 결과를 만들 테지요? 농사에
생계를 걸지 않은 껍데기 농사꾼 에게도 마음의 고통이 큰 현실
입니다. 황소의 눈물. 황소같던 농민들의 피눈물로 새겨 보셔야합니다

황소의 눈물

농업의 위기를 이야기해온 내력이 이렇게 길었는데
아직도 농업의 위기는 계속되고 있습니다.
농사에 생계를 걸지 않은 껍데기 농사꾼에게도 마음의 고통이 큰 현실입니다.
황소의 눈물,
황소 같던 농민들의 피눈물로 새겨보셔야 합니다.

지난 여름에도 은행알은 땅에 떨어졌습니다. 밭가에 서있는 은행나무 아직무성한 초록 빛이라 본격적인 수락은 아직 이른 셈이지만, 가을 깊어 낙엽이 지기 전에도 은행알은 수 없이 떨어져 내립니다. 나무가 스스로 솎아내는 건지도 모르지요. 비바람을 못이겨 떨어져 버리기도합니다. 은행잎이 황금빛 낙엽으로 져 나리고, 제대로 여물어 떨어지는 은행들은 갖출것 다 갖춘 승리자인 셈입니다. 온전히 살아온 생애지요. 가을을 그렇게 맞을수 없는, 불운한 은행알이 문득 눈에 밟히는 날.

불운한 은행 알

은행잎이 황금빛 낙엽으로 져 내리고,
제대로 여물어 떨어지는 은행들은 갖출 것 다 갖춘 승리자인 셈입니다.
가을을 그렇게 맞을 수 없는, 불운한 은행 알이 문득 눈에 밟히는 날.

서울 갔더니 길에서 사탕을 주는 사람이 있던데요?
어느 미용실 안내문이 함께 있었습니다. 안마시술소에서
나눠 주는 사탕도 있다고 했지만 그걸 받아볼 기회는
없었습니다. 아쉬웠느냐고요? 아니요. 그냥 궁금했
어요. 자동차 유리에 놓이는 명함에 벌거벗은 여성
사진을 박아놓은 — 한성매춘
건 보았거든요.   부지런히 성매매
쓰레기가 되고 마는   벌어들이고 살면
                      어떨습니까?
광고명함에 사탕을
넣어주면 '약효'가   — 창숙파리!
있을까 하고 머리를 짰던   본래 헛숙고 아니던가?
것이겠지요? "광고 없이
수입 없다"가 옳은 말씀이기는 하지만, 도시는 온통
광고 덩어리였습니다. 지상 뿐 아니라 지하도·지하철
에 이르기까지 사람이 다니는 모든 길을 광고가 덮고
있었습니다. 도시인이 자연을 그리워하는 이유도 알겠다

→ 싶은 기분입니다.
젊은 사람들 입성도
자기 광고 처럼
보이던데요?

광고

"광고 없이 수입 없다"가 옳은 말씀이기는 하지만,
도시는 온통 광고 덩어리였습니다.
도시인이 자연을 그리워하는 이유도 알겠다 싶은 기분입니다.
젊은 사람들 입성도 자기광고처럼 보이던데요?

"연세드신
어른들이 있었어요. 바깥분은 단정한 ○
와이셔츠 입으셨고……" 처음 들렀다는 헌물건 파는가게를
설명해주면서 아내가 밝은 목소리로 말합니다.
"이건 3천원에 드릴게요.
그건
오천원……"
계산을 할때는
"당신이 이물건
얼마에 준다고
했지요?
이건 내가 만원에
드린다고 했는데……"
두분이 '장사'를 하며
나누는
대화방식에
좋아 보였던가 봅니다.

"헌물건을 얼마나 깨끗하게
정리해 두셨는지, 헌것
같지 않았어요!
연세드신 분들이 그런일
하면서 지내는것 좋아
보이던데요?
가게 가는길 잘봐아 두었
으니까, 다음에
당신도 한번
데리고 갈게요."
그런 생색을 다 내네요.

늦도록 풀을 매다
대지에 빈자리 없이
채워가는것이
초록의 일이다!
전쟁없다

'초록' 정수웅

헌 물건 파는 가게

"이건 3천 원에 드릴게요. 그건 5천 원……"
"당신이 이 물건 얼마에 준다고 했지요? 이건 내가 만 원에 드린다고 했는데……"
두 분이 '장사'를 하며 나누는 대화 방식이 좋아 보였던가 봅니다.
"다음에 당신도 한번 데리고 갈게요." 그런 생색을 다 내네요.

온종일 일했습니다. 밭일 거들어 준다고 온 후배들도 있었습니다.
밥 한끼 함께해도 서로 가까워진 느낌이지만, 함께 일하고
땀흘려 보면 서로를 느끼고 이해하기 참 좋습니다.
해질녘에는 힘이 들었지만, 일을 일답게 하고 나면 저녁은 늘
그런 법! 지쳐 힘겨워하는 콩을 바라보면서 마음에 은근히 배어
나오는 갸륵함이 있습니다. 돈하고 바꾸는 일하면서 이만큼
충일한 기분이 되기는 어렵습니다. 기회있으신 대로 '열심히' 일해
보세요. 봄날 온다는 춘곤은 얼씬도 못합니다. 참 좋은 봄밤에 ……

좋은 날

해질녘에는 힘이 들었지만, 일을 일답게 하고 나면 저녁은 늘 그런 법!

온종일 일했습니다. 밭일 거들어준다고 온 후배들도 있었습니다.

밥 한 끼 함께해도 서로 가까워진 느낌이지만,

함께 일하고 땀흘려 보면 서로를 느끼고 이해하기 참 좋습니다.

엊저녁 외출이 힘들었던지?
아내가 잠시 눈붙이겠다고 했습니다. 봄비 푸근하게 내리고 몸
무거운날 낮잠 한숨도 좋지요. 작업실 책상위에 아내가 벗어
두고간 안경이 보입니다. 유리알이 뿌옇게 흐려 있었습니다.
닦았더니 환해지네요. 예민한 저는 안경알을 자주 닦아야
직성이 풀립니다. 아내의 안경을 닦아주면서, 잠시 드는 생각!
- 네 아내는 네 인생을 닦아주며 사는 사람 아니니? 봄날저녁에.

이철수드림

봄날 저녁에

아내의 안경을 닦아주면서, 잠시 드는 생각!
네 아내는 네 인생을 닦아주며 사는 사람 아니니?

반딧불이는 조용한 어둠 속에서, 적막하게, 잠시, 저를 밝히고, 어둠이 되었다가, 다시 저를 밝히고, 어둠 속으로 사라진다. 그 길을 걸었습니다. 그 길에서 때로 말 없이 걷기도 합니다. 둘이서. 묵묵히 걷는 제 어깨를 아내가 살짝 건드립니다.
"왜요?" "그냥!" 웃고, 다시 조용히 걷습니다. 둘이서.

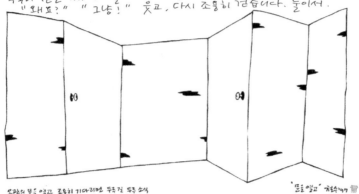

묘화의 문을 열고 조용히 기다리면 두근걸 두근 소식

'문을 열고' 정혜경

반딧불이 그 어둠 속에서 여전히 조용하고, 어둠 속을 걷는 사람들도 조용하고. 오늘은 바깥 세상의 어수선한 이야기 잠시 접어 두었습니다.

둘이서

그 길을 걸었습니다. 그 길에서 때로 말없이 걷기도 합니다.
둘이서 묵묵히 걷는 제 어깨를 아내가 살짝 건드립니다.
"왜요?" "그냥." 웃고, 다시 조용히 걷습니다.

'오른손이 한 일을 왼손이 모르게 하라'는 말이 있지요? 기독교 성서에 있는 말씀입니다. 은밀하고 표내지 않는 방식으로 착한 일은 하라는 뜻인가 보다 여기고 살았습니다. 요즘은 그 말씀을 조금 달리 이해하고 싶어졌습니다. 내 마음에 선행의 흔적을 남기지 않도록 하라는 말씀으로 새겨 듣고 싶어진 거지요. 착하게? 좋은 말씀입니다.

그렇게 살아야지요? 모질게 하고 살아갈 까닭은 없으니까요. 하지만, '착하게'에 묶이는 것도 왠지 석연치 않다는 느낌이지요? 그 언저리를 맴도는 마음의 발자국이 어수선해 보이기도 합니다. 그래서 얻은 결론! 나눌 것 마땅치 않을 만큼 적당히 가난한 삶. 그것도 괜찮겠다! 실없는 소리였나요? 크게 형편이 좋은 것도 없지만 나누는 손이 넉넉하신 분들 좋아 보여서 터무니없는 소리 했습니다.

방!

비좁은 방을 넓게 쓰는 비결
- 낡과 문을 활짝 연다
- 쓸모없는 물건을 들어낸다
- 쓸모있는 물건도 들어낸다
- 마음을 넓게 갖는다
'비결' 천수 2012

착하게?

"오른손이 한 일을 왼손이 모르게 하라"는 말이 있지요?
요즘은 그 말씀을 조금 달리 이해하고 싶어졌습니다.
내 마음에 선행의 흔적을 남기지 않도록 하라는 말씀으로
새겨듣고 싶어진 거지요.

시골은 신이 만들고, 도시는 사람이 만들었다고
누가 그러시네요. 시골은 몰라도 도시에 대한
발언으로는 선뜻 귀에들어오는 통찰이구나
싶었습니다. 도시의 과·부족이 우리 사람의
능력과 한계이어서   비슷한 것임을

깊이 생각하게 하는   말씀이었습니다.
시골에 살면서, 자연 — 신의 작품이라고 한
값도 조화다 순리, 그리고 깊이로움을
깨달아 알고, 누리기도 해야하는 것인데…
그러지 못하는 어리석음도 생각하게 되었습니다.

신의 작품, 사람의 작품

시골은 신이 만들고, 도시는 사람이 만들었다고
누가 그러시네요.
시골은 몰라도 도시에 대한 발언으로는
선뜻 귀에 들어오는 통찰이구나 싶었습니다.

벌거숭이로 사는 사람들은 무엇으로 체면치레를 하고 옷자랑을 대신하는 걸까? 생각해봤습니다. 원시 사회도 위계와 권위를 표현하는 수단이 없지는 않을텐데…… 아내와 볼일을 보느라 시내에 갔다가 따로따로 볼일을 보고 들어왔더니 아내 바구니에 치마하나 들어 있습니다.
<아름다운 가게>에 들렀다고 했습니다. 2000원 주었다고 했던가? 참 싼 값에 치마하나 얻었다고 자랑을 합니다. "예쁘네요!" 하고 추임새를 넣어 주었습니다. 여러해전 일입니다.
친구아내가 입고온 누비 외투가 이쁘기에 제아내를 주라고 했습니다. 얼마뒤에 그옷이 제아내에게 건너왔더라고요. 마침 제수씨가 오셨길래 사연을 이야기 하면서 "제 식구에게 잘 어울리지요?" 했다가 야단(?)을 맞았습니다. "옷한벌 사주시지 친구 부인한테 언어입힌 자랑을 하는 법이 어디 있느냐?"고요. 그래도, 잘 어울렸는데……

똥을하는 아버지의
등을 얻어 주었다
등도 나이 먹는구나!
'단성의들'
경숙2000

옷 한 벌

친구 아내가 입고 온 누비 외투가 예쁘기에 제 아내를 주라고 했습니다.
마침 제수씨가 오셨기에 사연을 이야기하면서
"제 식구에게 잘 어울리지요?" 했다가 야단(?)을 맞았습니다.
"옷 한 벌 사주시지 친구 부인한테 얻어 입힌 자랑을 하는 법이 어디 있느냐?"고요.

서울가는 손님 배웅하느라 터미널에서 막차를 기다렸습니다. 함께 막차를 기다리는 사람이 여럿 있었는데 하나같이 핸드폰을 사용중이었습니다. 문자보내기, 통화중… 빈손 이거나 핸드폰을 주머니에 넣어둔듯 보이는 사람은 없었습니다.
핸드폰이 많이 쓰인다는 이야기는 듣고 있었지만, 한밤 터미널에서 보게된 풍경은 놀라웠습니다.
집에서는 TV와 컴퓨터가 핸드폰과 삼파전을 벌이지 않을까 생각했습니다. 그럴 가능성이 많지요?
조용히 제 자신과 만나는 성찰의 시간이 있기는 어렵겠다 싶었습니다. 책을 읽다 조용히 사색에 잠기는 것처럼 핸드폰·컴퓨터 앞에서도 그럴수 있을까? 그럴지도 모르지요. 그럴수 있었으면……

이철수드림

삼파전

집에서는 TV와 컴퓨터가 핸드폰과 삼파전을 벌이지 않을까
생각했습니다.
그럴 가능성이 많지요?
조용히 제 자신과 만나는 성찰의 시간이 있기는
어렵겠다 싶었습니다.

난데없이
바람이 불고
비가
쏟아져
내렸
습니
다.

아직
해떨어지지
않았는데,
밤처럼 어두워진
하늘이
무거웠습니다.

밤 깊은
이 시간까지도
바람이 거칠게 붑니다.
뜰에 풍경이 수없이 울고   바람지나는 소리가 음울합니다.
거친바람에 세상 더러운 것들이 날려가고, 새아침에는 말갛게
개인 하늘처럼 청정한 세상이 오면 좀 좋겠나 하는 어린아이같은
생각을 진심으로 했습니다. 기적같이 좋아진 세상을 꿈꾸었습니다.

바람 지나는 소리

밤 깊은 이 시간까지도 바람이 거칠게 붑니다.
거친 바람에 세상 더러운 것들이 날려 가고,
새아침에는 말갛게 갠 하늘처럼 청정한 세상이 오면 좀 좋겠나
하는 어린아이 같은 생각을 진심으로 했습니다.

당신이 그렇게 .걸고 또
걸으므로 .영겁까지사람들이
길 이라고 부르겠지.
'길' 천승세2000봄

이철수드림

서울에서 제가사는데까지 국도따라 걸으면 한 이백KM 좋이 되겠지요?
그길들 걸어오신 신부님 한분과 큰길에서 헤어져 들어왔습니다. 오늘내일을
걸어서 단양 어디까지 가신답니다. 거기서, 안식년 한해를 농사일하며
사실생각이신가 봅니다. 택시운전으로 안식년 지내신 분도 계신다하고
또다른 궂은일로 안식년을 보내신 이가 계신다고 들었습니다. 세상이
그런 영혼들로 아름답게 장식되고 있는 서심이지요?
그 영롱한 마음들이 세상을 치장하눈데 그치지않고, 세상에 흔하고 흔한
것이 되면 터 좋은 일 일까? 아름다운 존재는 귀한 그대로 좋은걸까? ……

신부님의 안식년

오늘내일을 걸어서 단양 어디까지 가신답니다.

거기서, 안식년 한 해를 농사일하며 사실 생각이신가 봅니다.

택시 운전으로 안식년 지내신 분도 계신다 하고

또 다른 궂은 일로 안식년을 보내신 이가 계신다고 들었습니다.

세상이 그런 영혼들로 아름답게 장식되고 있는 셈이지요?

욕망의 몸뚱이에서 무욕을 말하는
어리석은 존재가 살다니! 기생충이다!
박멸이 필요하다! 세상은 그렇게
이야기 한다.   2005.6. 이철수드림

무욕

욕망의 몸뚱이에서 무욕을 말하는 어리석은 존재가 살다니!
기생충이다!
박멸이 필요하다!
세상은 그렇게 이야기한다.

여름

한여름에는
시원한 바람을
쏘이라.

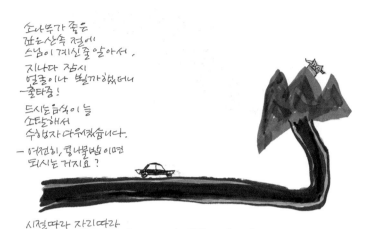

소나무가 좋은
깊은산속 절에
스님이 계신줄 알아서,
지나다 잠시
얼굴이나 뵐까했더니
-출타중!
드시는음식이 늘
소탈해서
수행자다워졌습니다.
-여전히, 콩나물밥이면
되시는 거지요?

시절따라 자리따라
입맛조차 못지키는 중생이 산안팎으로 하도 많으니 ……

출타 중!

소나무가 좋은 깊은 산속 절에 스님이 계신 줄 알아서,

지나다 잠시 얼굴이나 뵐까 했더니

- 출타 중!

드시는 음식이 늘 소탈해서 수행자다우셨습니다.

- 여전히, 콩나물밥이면 되시는 거지요?

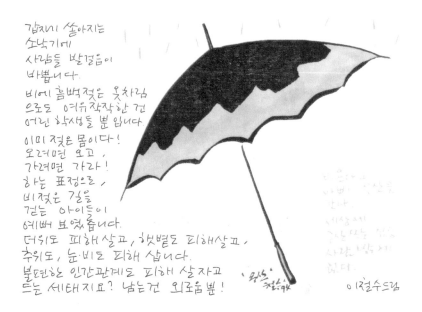

갑자기 쏟아지는
소낙기에
사람들 발걸음이
바쁩니다.
비에 흠뻑젖은 옷차림
으로도 여류작작한 건
어린 학생들 뿐입니다
이미 젖은 몸이다!
오려면 오고,
가려면 가라!
하는 표정으로,
비젖은 길을
걷는 아이들이
예뻐 보였습니다.
더위도 피해 살고, 햇볕도 피해살고,
추위도, 눈·비도 피해 삽니다.
불편한 인간관계도 피해 살자고
드는 세태지요? 남는건 외로움뿐!

'왕느'
전능하

이철수드림

남는 건 외로움뿐!

더위도 피해 살고, 햇볕도 피해 살고,

추위도, 눈·비도 피해 삽니다.

불편한 인간관계도 피해 살자고 드는 세태지요?

남는 건 외로움뿐!

교도소 담장안에, 정말
들어가 있어야할 도둑놈들이
들어가 있는걸까?

이철수드림

교도소 담장 안에는

교도소 담장 안에,
정말 들어가 있어야 할 도둑놈들이 들어가 있는 걸까?

꽤 오래 전 일입니다.
직장생활하면서 그림 그리고 지내던
친구가 물었습니다. 직장 그만두고
그림만 그릴수 있으면 좋겠는데
먹고 사는게 걱정이라고, 무슨 수가
없겠느냐고.

들판에서 먹이를 찾아 헤매는 짐승이나
다를 바 없는 〈전업화가〉측은 〈자유업〉이
얼마나 힘겨운 일인지 잘아는 저기게
조언을 구한 셈입니다.
— 가서 직장 집어치우고 오면
비결을 알려주겠다! 하고
해외쳤습니다.
얼마 뒤에 그 친구가
직장 접고 왔습니다.
— 비결?
— 있으면 먹고,
  없으면 굶는다! 그게 비결이라고
대답해 주었습니다. 그 친구 아직 살아 있습니다.

비철수드림

'통로/정수

비결

- 비결?

- 있으면 먹고, 없으면 굶는다!

그게 비결이라고 대답해주었습니다.

그 친구 아직 살아 있습니다.

딸아이가 재떨이를 선물이라며 사 보냈습니다.
제가 담배 한대 피워 물면 고개를 살레살레 흔들면서
한마디씩 면박을 주던 녀석이었는데……
담배 냄새가 불편하다고 얼굴을 찡그리더니, 웬일?

아이와 통화하게 되었길래 제가 그랬습니다.
"아버지 감동받았다! 재떨이를 다 사 보내고? 철이
들어나 보다 했지." "디자인 괜찮지 않아요? 단순
하고!" 말은 그렇게 하지만, 아버지의 담배가 조금은
이해되었다는 이야기였다고 해석(?)하기로 했습니다.

재떨이

"아버지 감동 받았다! 재떨이를 다 사 보내고? 철이 들었나 보다 했지."

"디자인 괜찮지 않아요? 단순하고!"

말은 그렇게 하지만,

아버지의 담배가 조금은 이해되었다는 이야기였다고

해석(?)하기로 했습니다.

재래시장에 가면 밑바닥이 보입니다. 건강하고 정직해서 그 얼지
서면 부끄러워지는, 삶의 최전선 입니다. 고무함지 한두개, 신문지에
무더기 뚝더기 놓아둔, 고추·호박·도라지·고사리·상추·오이·열무·고구마·
감자·토마토·자두·깐마늘·옥수수 … . 그 알량한 밑천에 기대서
살아가는 사람들보면, 우리는 가진것 많은 기득권세력 이지요. 죄많은
사람입니다. 이 더위에 종일 땀흘려 그 물건 다 팔아 봐야 얼마나
될까? 해저물는 저녁, 서둘러 좌판을 정리하는 착한 사람들!
그이들 처지는 누가 전하나? 고액연봉 노조는 타협을 잘하던데…
돌아가면 그집이 호사스런 잔바람 안락한 공간이 마련되어 있을
리도 없겠지. 가능해도 따뜻한 가족관계는 있기를… .
쉽게 버는것 범죄라고 하면 비웃는 사람들도 없지는 않겠지만
세상아무리 거꾸로가도 달리 말할수는 없지요. 함부로 사는 이들의
신기루같은 삶이 부러우시거든, 저녁찬거리 준비할겸
시장통에 한번 가보시지요. 바닷가 어판장지
부동산 가거·

살찐 고양이는
쥐도 안잡고
배가 터집니다

모텔하우스 가시지
말고!
이철수드림

'복있는고양이'
철수2003

시장통에 나가보세요

쉽게 버는 것 범죄라고 하면 비웃을 사람들도 없지는 않겠지만
세상 아무리 거꾸로 가도 달리 말할 수는 없지요.
함부로 사는 이들의 신기루 같은 삶이 부러우시거든,
저녁 찬거리 준비할 겸 시장통에 한번 가보시지요.

대추리 황새울 벌판은 초록 바다 같았습니다. 아름다웠습니다. 그 넓은 벌판에, 노랑고 빨갛고하얀 깃발들과 수많은 사람들의 옷색깔이 가지런한 논뚝길로 번져가는 건 아름다운 항해 같았습니다. '평화대행진'이라고 아기들을 목마태우고온 젊은 부부도 보였습니다. 거친싸움도 있었지만, 수많은 사람들 마음이 평화를 그는 소중한 꿈이 있었던건 분명합니다. 저는 흙한줌 던져보지 못하고 구경꾼처럼 그 대열 속에 있다가 왔습니다. 미군한명 보이지 않는 초록 황새울 에서, 자식같은 전경들의 무표정을 바라보아야 하는 중년의 심사가 간단치 않았습니다. 내가 너희들의 못난 아비다! 그런 생각도 들었습니다. 대행진이 끝나고 돌아나오는길에 젖은 논두렁 밭두렁에 떨어져 있는 깃발조각들을 멫장들고 나왔습니다. 흙이 묻어 있는 깃발이 '버려진 마음' 같아서요. 그마음이 땅에 나뒹굴어서는 안될것 같아서요. 한동안은 그런이야기하게 될것 같습니다.

대추리 벌판

대추리 황새울 벌판은 초록 바다 같았습니다.

아름다웠습니다.

그 넓은 벌판에, 노랑고 빨갛고 하얀 깃발들과 수많은 사람들의 옷 색깔이

가지런한 논둑길로 번져가는 건 아름다운 항해 같았습니다.

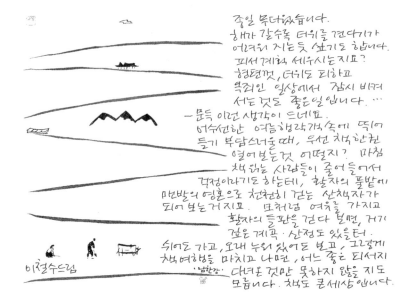

책도 큰 세상입니다

어수선한 여름 행락객 속에 뛰어들기 부담스러울 때,
우선 책 한 권 열어보는 것 어떨지?
마침 책 읽는 사람들이 줄어들어서 걱정이라기도 하는데,
활자의 풀밭에 맨발의 영혼으로 천천히 걷는 산책자가 되어보는 거지요.

저녁 바람이 선선해서 견딜만
합니다. 도시의 가난은 아직
더울테지요?
하늘은 더위, 바람 고르게 나누어
주셨는데, 사람의 세상은
그도 함께 나누는 법이 없는듯
싶습니다.
우리들 탓이지요.
우리들 탓입니다.

이철수드림

나즐그고 북오며
무더운 밤, 더위를 북한다
참하다.
'90 건/영/90

우리들 탓

저녁 바람이 선선해서 견딜 만합니다.
도시의 가난은 아직 더울 테지요?
하늘은 더위, 바람 고르게 나누어주셨는데,
사람의 세상은 그도 함께 나누는 법이 없는 듯싶습니다.

덥지요?

올해는 몇 포기 안 심은 수박 농사가 다 망가졌습니다만,

멀리 못 떠나셨으면,

대야 물에 발이라도 담그고 시원한 수박이라도 한 쪽!

보처럼 시내 나갔다가
아스팔트를 라서
긴 관모를 묻고 있는
일용 노동자들의
땀젖은 모습을 보았습니다.
걷는일도 힘이 겨운
삽복에, 웃통도 못벗고
일하는 노동자들은
대개 중년이상의
나이든 축입니다.
땀흘리는 청년들을
보았더라면 마음이
덜 착잡했을 거라!
길가
조각노늘에

마른멸치는
물에넣어도
헤엄치지 않는다

그놈들로
점심찬을
삼는다

'마른멸치' 천수

나앉아, 잠시 숨을 고르는
그이들 얼굴에 드리운
삶의 그림자가 오히려
더 무겁고 짙어 보였
습니다. 일마치고,
석양을 거느리고 돌아가는
호주머니 두둑할 수만 있
다면 땀범벅의 한낫
노동도 이렇게 힘겹진
않을텐데…. 그안에
힘쓰는일 좋아하는 씩씩한
청년들도 더러 섞여들수
있을텐데…. 땀으로 씻은
영혼처럼
아름다운 것이
없다는데…

땀으로 씻은 영혼

일 마치고,
석양을 거느리고 돌아가는 호주머니 두둑할 수만 있다면
땀범벅의 한낮 노동도 이렇게 힘겹진 않을 텐데…….

밥이하늘이라고 했습니다.
긴장마가 시작된다니 이제는
물과도 자주 만나겠지요?
물도 하늘 입니다.
비도 바람도 순조로워서
하늘같은 밥을 얻기
너무 어렵지는 않기를 빕니다.
하늘이라도 우리를 도우시기를…

이철수드림

밥도 하늘, 물도 하늘

밥이 하늘이라고 했습니다.

긴 장마가 시작된다니 이제는 물과도 자주 만나겠지요?

물도 하늘입니다.

비도 바람도 순조로워서 하늘 같은 밥을 얻기 너무 어렵지는 않기를 빕니다.

하늘이라도 우리를 도우시기를…….

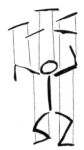

우리는 이미 제 뜻, 제생각을 잃어 버렸습니다. 세상에 태어나 말을 배우고 글을 익히면서 벌써 세상은 우리를 세뇌해온 터이기는 하지만, 제생각을 잃어버린 정도가 도를 넘어선듯 합니다. 사람이 시류를 따르고 현실에 순응하여 사는 것을 모두 잘못이라하기는 어려운 일이지요. 그건 의미로 보수도 있어야하고 때로는 보신조차 용납해야 한다고 여겨왔습니다. 뜻을 꺾고 생계와 목숨을 부지하는 어려운 선택, 앞에서 눈물 겨워 자못 감동하기도 합니다. 시대가 그쯤 어려운 고비를 거쳐서 여기까지 왔습니다. 하지만, 선택받은 사람들-막대한 자본·큰권력·유명세를 덛든 인사들,의 부정한 행태에, 가슴깊이 분노하고 비판하는 양심과 양식조차 잃어버린듯 행동하는 다수 에게 절망하게 됩니다. 가슴에 손을 얹으시기를.

가슴에 손

우리는 이미 제 뜻, 제 생각을 잃어버렸습니다.
세상에 태어나 말을 배우고 글을 익히면서
벌써 세상은 우리를 세뇌해온 터이기는 하지만,
제 생각을 잃어버린 정도가 도를 넘어선 듯합니다.

비오시려고, 바람이 거칩니다.
추녀 맡 풍경이 하루종일 울었습니다. 듣는 제가 지치도록 쉼없이.
비설거지하면서 그늘 만드는 큰 양산을 접어두었습니다.
비바람 거칠어 날아가면 큰일이겠다 싶어서요. 사람이 만든
물건은 치워두기도 쉽습니다.

바람타는 벼이삭, 콩밭, 옥수수, 고추, 땅콩…, 논밭에 섰는 것들도
거두고 들여 놓고 싶은 심정이지만 흙에 뿌리박은 생명들에게는
지·수·화·풍이 피할수 없는 운명 같은 것입니다.
제발, 큰피해 없이 견디기를…, 기도하는 심정으로 지켜볼수 밖
에 없습니다. 사람은 정작 농사짓는 작물과 다르지 않습니다.

제발 견디기를

사람이 만든 물건은 치워두기도 쉽습니다.
바람 타는 벼 이삭, 콩밭, 옥수수, 고추, 땅콩……,
논밭에 섰는 것들도 거두고 들여놓고 싶은 심정이지만
흙에 뿌리박은 생명들에게는
지·수·화·풍이 피할 수 없는 운명 같은 것입니다.

내 안에서, 내 마음 저 안에서 눈빛 맑는 어린아이가 울고 있습니다. 레바논 침공으로 죄없는 사람들이 수없이 죽어가고 있다지요? 테러를 박멸한다면서 무차별 폭격을 퍼붓는 이들의 영혼에는 연민도 슬픔도 사랑도 깃들 자리 없는걸까! 물난리·지진 같은 자연재해로도 죽어가는 생명은 있습니다. 자연사·병사 같이 피할수 없는 죽음도 있는 터라 죽음이 낯선 것은 아니지만, 사람이 사람을, 이유 없이 상대를 가리지 않고 학살하는 건 편히 지켜 보기 어렵습니다. 시대가 마음속 사랑도 연민도 뿌리뽑으려 들고 말라 비틀어 지게 합니다. 그저 따라 살면 마음밭이 황무지 돌밭이 될 듯 합니다. 누가 뭐래도, 마음에 와서 울고 섰는 아이 버리지 마세요.

내 마음 저 안에서

자연사·병사같이 피할 수 없는 죽음도 있는 터라
죽음이 낯선 것은 아니지만,
사람이 사람을, 이유 없이 상대를 가리지 않고 학살하는 건
편히 지켜보기 어렵습니다.
누가 뭐래도, 마음에 와서 울고 섰는 아이 버리지 마세요.

모루

비정규직의 양산!
신분의 불안정이 곧 경제의 불안을 낳고
그 불안은 다시 인간관계와 가정의 파탄을 부릅니다.
쇠를 단련하는 모루에 제 존재를 올려야 하는 몸뚱이뿐인 노동자들!

이철수드림

장마철에, 벌초한다고 뒷산에 올랐다가, 오리네 식구를 만난 기억이 나네요. 산에도 농수로가 있습니다. 거기서 새끼오리들 데리고 한가하게 놀던 오리일가 에게, 난데없이 나타난 저는 '적출현!'인 셈이었겠지요? 오리 어미는 수로 밖으로 뛰쳐나와 꽤꽥 대며 허둥대고, 날개짓 서툰 새끼들은 수로에서 내쳐 앞으로 달려갈 뿐입니다. 에미도 새끼 걱정에 멀리는 못가고 저앞에서 고함을 칩니다. "얘야! 괜찮다. 우리는 그냥 지나간다. 아이구, 놀래라!" 그러면서 서둘러 피해 주었습니다. "큰일 날뻔했네! 괜찮다아, 괜찮니? 사람도 다 무서운건 아니거든, 그런데 사전 식별이 어렵단다. 조심해야 해!"

오리네 식구들

"큰일 날 뻔했네! 괜찮다. 괜찮니?
사람도 다 무서운 건 아니거든.
그런데 사전 식별이 어렵단다. 조심해야 해!"

비가 꽤 왔습니다. 오시는 비를 맞으면서 사다리에 올라가 지붕추녀의 물받이 다 홈통청소를 했습니다. 나무가 많은 시골에서는, 한해에도 몇 차례씩 지붕에 내려 쌓여 홈통을 막는 낙엽을 걷어내야 합니다. 물길이 막히면 빗물이 넘쳐 서까래도 적시고 … 집을 상하게 하는 c때문이지요. 무릇 길은, 막히고 에도는데 없이 자연스럽고 순하게 흐를 수 있어야 합니다. 지붕쪽을 치우고 나면 물홈통 아래로 쏟아져 내린 썩은 낙엽 찌꺼기도 말끔히 들어냅니다. 땅위로 내려온 물도 자연스럽게 흘러 밖으로 나가야하니까 마당의 물길을 치우는 것도 당연한 일입니다. 놀이나가 물나가는 자리 살펴보고, 뾰족 약하더니 없는지도 돌아보고 나면 정로 눈길 가는건 하늘이지요. 하늘의 열 굴빛을 살피는 겁니다. 비가 감당 못하게 많이 오시려나고 싶어서요. 하루 내린 비에도 쓸려 내려간 것들이 많습니다. 논에 우렁이, 미꾸라지는 도랑에서 더러 만납니다. 되돌아 들수 없으니 거기어디서 새 삶을 찾았지요? 작은 것들, 아름답기도 하지만 참 연약한 것들 입니다. 늘, 먼저 희생양이 되고 볼모가 됩니다. 세상사, 어딘들 안그런데가 있나요? 비 오시는날 조금 슬픈 이야기가 되었나요?

채송화. 씨 뿌려쟌 여름날
- 저 작은 채송화야. 오늘은 비가 많이 온다더라.
- 괜찮나요. 빛을따라 가보지요 뭐.

· 채송화 문답 · 경술2004

이철수드림

조금 슬픈 이야기

하루 내린 비에도 쓸려 내려간 것들이 많습니다.
논에 우렁이, 미꾸라지는 도랑에서 더러 만납니다.
되돌아 들 수 없으니 거기 어디서 새 삶을 찾았지요?
작은 것들, 아름답기도 하지만 참 연약한 것들입니다.

따뜻하고 부드러운 사람에게 땅이 주어진다고요?
고맙게도 땅을 얻어서 철따라 씨를 뿌리고 밭을 매고
가을걷이를 합니다. 많이 단순하게 한다고 했는데도
그릇하나 들고 밭에 다녀오면 오이·가지·토마토·고추
파·상치·쑥갓·치커리며
브로콜리 같은 푸성귀를
그득 담아 올 수 있습니다.
어제는 모처럼
감을 땄습니다.
특별히 길었던
여드레 비에도
흙이 패이거나 쓸려난
자리가 없어 고마웠지요. 감을 매느라 무성한 잡초를
뿌리째 뽑아 보면 실뿌리들이 흙덩이를 쥐고 따라올라
옵니다. 산야에 가득한 초록들이 흰 실뿌리로 대지를
움켜 쥐고 있는 셈입니다. 풀뿌리의 힘은 이런 것인데…

풀뿌리의 힘

김을 매느라 무성한 잡초를 뿌리째 뽑아보면
실뿌리들이 흙덩이를 쥐고 따라 올라옵니다.
산야에 가득한 초록들이 흰 실뿌리로
대지를 움켜쥐고 있는 셈입니다.

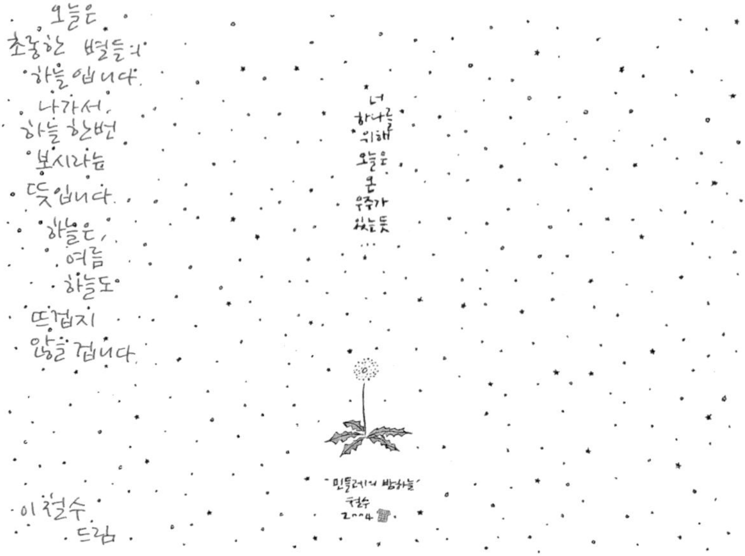

오늘은
초롱한 별들의
하늘입니다.
나가서,
하늘 한번
보시라는
뜻입니다.
하늘은,
여름
하늘도
뜨겁지
않을 겁니다.

너
하나를
위해
오늘은
온
우주가
있는듯
...

"민들레의 밤하늘"
철수
2004

이철수
드림.

밤하늘

오늘은 초롱한 별들의 하늘입니다.
나가서, 하늘 한번 보시라는 뜻입니다.
하늘은, 여름 하늘도 뜨겁지 않을 겁니다.

순진한 옛날 이야기 해 보겠습니다.
난생처음으로 요정이라는 델 가게 되었습니다.
어느 국제행사에 이런저런 일을 거들었더니
행사 주관하시는 어른이 고생한 턱을
하신다고 절 부르셨는데, 가서 보니
번듯한 요정이었습니다.
아직 철없던 때라 마땅하지도 못하고
들어가 앉았지요. 큰상에 방석이 놓여들
있으니 방석집 이라하는구나.
생각했습니다.
남자 숫자대로 여자가
들어와 곁에 왔고,
술을 따라주던데요?
좀 무서웠습니다. 부끄럽기도
하고, 많이 불편했습니다.
한복입은 아가씨에게 존댓말
하고, 술은 스스로 따라 마시
겠다했더니, 아가씨가
화내던데요?
그날, 다시는 이런 —실성한 꼬리를
자리에 오지 않겠노라고 뽑더다
'저를' 청했으니

결심했습니다.
그뒤로 두어번
요정으로 데려간
지인들이 있었
지만, 이렇게
대답했습니다.
"저를 위해
오신 거라면
다른데로
옮기시지요.
여자없는
자리 에서는
못먹는술 더
못먹습니다."
문제 없던
데요?

난생 처음 가본 곳

"저를 위해 오신 거라면 다른 데로 옮기시지요.
여자 있는 자리에서는 못 먹는 술 더 못 먹습니다."
문제없던데요?

여기 앉아서도 꽤 다양한 사람들을 보게 됩니다. 저명인사들도 있고 그저 평범한 사람들도 있고 힘든 인생을 사는 이들도 적지 않습니다. 그중에 제일 안된 사람은, 유무명이나 경제적 능력 따위와 상관없이, 제 주변 사람들에게서 따뜻하고 진정 어린 관심과 사랑을 받지 못하는 사람들입니다. 받은 사랑이 적으면 나누어 줄 사랑도 모자라기 마련입니다. 세상이 온통 그렇더라도 우리는 그렇게 살지 않게 되기를...

- 휴지 낙서

네 인생에
네가
웃일하는 부드러움이구나.
그럼.
인생도 있을까?

제일 안된 사람

여기 앉아서도 꽤 다양한 사람들을 보게 됩니다.
그중에 제일 안된 사람은 유무명이나 경제적 능력 따위와 상관없이,
제 주변 사람들에게 따뜻하고 진정 어린 관심과 사랑을 받지 못하는 사람들입니다.
받은 사랑이 적으면 나누어줄 사랑도 모자라기 마련입니다.

있는 사람들이야 어려우면 난리지만,
우리 같은 사람들이야 안어려울 때가 있었나요?
그냥 사는 거지요!

시장에서 들었습니다.
부끄럽고, 죄송했습니다.

노인 화분 이랑긴 콩밭 언덕을 천천히 오르신다. 그 산밭길, 젊어서도 힘들겠어.   '당신의 길' 권수 2004

시장에서

"있는 사람들이야 어려우면 난리지만,
우리 같은 사람들이야 안 어려울 때가 있었나요?
그냥 사는 거지요!"
시장에서 들었습니다. 부끄럽고, 죄송했습니다.

시샙거 않고
고요한 한사람
ㅡ 그렇게 혼자 있으면
아름답습니다. ⒸⓌ

꽃은, 조용한 사람을 닮았습니다.
말없이 제 온전한 아름다움을 드러내고 씨앗을 맺고 다시 조용히
적적한 자리로 돌아가지요. 환히 피어나는 새꽃은 작은 느낌표가
모여있는듯 합니다. 그 가볍고 밝은 꽃에 비기면, 우리들은 무거운
의문부호ㅡ물음표를 주렁주렁 달고 사는듯 살기도 합니다. 나를 몰라서요.

나를 몰라서

환히 피어나는 새 꽃은 작은 느낌표가 모여 있는 듯합니다.

그 가볍고 밝은 꽃에 비기면, 우리들은

무거운 의문부호—물음표를 주렁주렁 달고 사는 듯싶기도 합니다.

나를 몰라서요.

또 비가 오시네요.
가을장마라고 하면서
쓸모는 없어 보이는 비가
또 오신답니다. "쓸모가
없고 있고는 하늘이 판단할
일이지!" 하는 야단을 들을 것
같지요? 서서히 비오면, 광에 곡식이
쿠는 소리가 들린다는데…. 비오신 덕분에
뜨겁던 여름이 꼬리를 내렸는걸요. 그렇게
위로해야겠습니다. 연세 많으신 어른들
잠시 다녀가셨습니다. 말씀중에 그러십니다.
"나는 세상에 크게 덕보인 것도 없고, 크게 해끼친
것도 없이 살았어요. 조금 둔하게 살았다고 할까?
양지바른데 묻혀서 자식들 드나들기 어렵잖아

비가 몰려오는구나!
걸음을 '받아서'   왕기를 바라지요." 참 고우시지요?

참 고우시지요?

연세 많으신 어른들 잠시 다녀가셨습니다. 말씀 중에 그러십니다.
"나는 세상에 크게 덕 보인 것도 없고, 크게 해 끼친 것도 없이 살았어요.
조금 둔하게 살았다고 할까?
양지바른 데 묻혀서 자식들 드나들기 어렵지나 않기를 바라지요."

— 텅 비어 있으면,
남에게 아름답고
내게 고요합니다

내가 나를 알고 나면 가벼워지겠지요? 조용하고 환하겠지요? 텅비어 거침없는 자리에 무엇이든 오고 가겠지요. 정직한 거울처럼 세상이 비치겠지요. 아름다울 겁니다. 따뜻하고 평화로울 겁니다. 다툼없겠지요. 넉넉할겁니다. 선선한 저녁 바람이 쏟아지는 하늘이 그림같았습니다. 좋은데요?

내가 나를 알면

내가 나를 알고 나면 가벼워지겠지요? 조용하고 환하겠지요?

텅 비어 거침없는 자리에 무엇이든 오고 가겠지요.

정직한 거울처럼 세상이 비치겠지요.

아름다울 겁니다. 따뜻하고 평화로울 겁니다.

다툼 없겠지요. 넉넉할 겁니다.

시기를 ……
이철수 드림

무더위 지칠줄 모르고 기승입니다.
뜰에 묶여사는 개가 주인이 불러도 미동 않습니다.
개가 선정에 든 모양입니다. 이런날, 고요한 몸뚱이다
마음으로 뜨거운 여름속에 가만 앉아 있는게 최선인 것을
짐승도 아는가 봅니다. 폭염속에 땀흘려 일하셨을 분들
께 죄송천만한 말씀이 되었습니다.
일속에서건 휴식중에건 서늘하고 고요한 마음 놓치지 않으

개도 선정에 드는……

뜰에 묶여 사는 개가 주인이 불러도 미동 않습니다.
개가 선정에 든 모양입니다.
이런 날, 고요한 몸뚱이와 마음으로 뜨거운 여름 속에
가만 앉아 있는 게 최선인 것을 짐승도 아는가 봅니다.

여느날 쌓인 피로 때문인지 깜박 잠이 들었습니다. 깨어보니 저녁 어스름. 모처럼 휴일에 낮잠자고 일어난 저녁이 아침같아서 책가방 메고 학교 간다고 나서던 어린시절 생각이 납니다. 비는 종일 내리고.

눅눅해진 잠의 습기 가시게 한다고 조금 덥혀놓은 방안에서 내다보는 저녁풍광이 고즈녁합니다. 무엇하나 부족한 것 없어 보이는 저녁. 비는 저물도록 내리고. 뭐 좀 먹고 싶다고 아내에게 말해 두었습니다.

뭐가 먹고 싶으냐고 되묻는걸, 모르겠다고 했습니다.
아이들 처럼… 하면서 건너가네요.
기다리고 있습니다. 뭔지는 모르지만. 비젖은 하루가 지나가는데…
종일 내리시는 비에 마음 맡겨 두었습니다. 내려, 흘러가는 빗물에.

이철수 드림

오시는 비에 마음 맡기고

무엇 하나 부족한 것 없어 보이는 저녁. 비는 저물도록 내리고.
뭐 좀 먹고 싶다고 아내에게 말해두었습니다.
뭐가 먹고 싶으냐고 되묻는 걸, 모르겠다고 했습니다.
"아이들처럼……" 하면서 건너가네요.

집곁에 낡아 허물어지는 흙돌담을 새로 쌓기로 했습니다. 허물고 새로 쌓는거 아예 새로 쌓기 보다 훨씬 힘들다는게 전문가들 말씀 입니다. 옳으신 말씀 이지만, 낡은 것 쓸어 버리고 새것 쌓아 올리기 보다

·돌담 ·철순이

낡은것 허물고 , 그돌 그흙 가려쓰고 새것 조금 보태는 방식이 제 적성에 맞습니다. 낡은 집 고칠때도 허물고 새로 짓는게 이익 이라는 충고 들었습니다. 자전거 고치러 가서도 늘 그소리 듣습니다. 낡아가는 '사람중고'는 어쩌라고

돌담.
사람도 빼서 윗돌그일수 없는것
하나 없으면 다없는것.

돌담

집 곁에 낡아 허물어지는 흙돌담을 새로 쌓기로 했습니다.
허물고 새로 쌓는 게 아예 새로 쌓기보다 훨씬 힘들다는 게 전문가들 말씀입니다.
옳으신 말씀이지만, 낡은 것 쓸어버리고 새것 쌓아올리기보다
낡은 것 허물고 그 돌, 그 흙 가려 쓰고
새 것 조금 보태는 방식이 제 적성에 맞습니다.

칼국수·콩국수 각각시켜 나눠 먹었습니다. 칼국수는 비오는날 속이 뜨끈해서 좋고, 비와도 여름 더욱 시원한 맛에 좋습니다. 갈등없이 둘다 먹을 방법을 선택하였지요. 시골장터는 가겟집 주인과 이런저런 이야기 나누는 재미가 있습니다. 살이 많이 빠지셨다고 했더니, 장사하느라 먹을것 제때 못 먹어 그렇다하고 십멱키로가 빠졌다하고, 장사 잘 되지도 안되지도 않는다하고 …. 국수발 보다 이야기발이 오히려 깁니다. 새로 오신 아주머니 모시고 일하니 덜 심심하다 작아지는 시는데

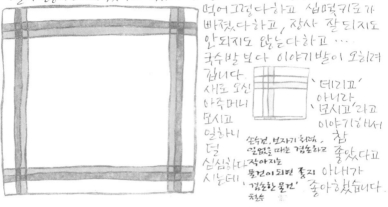

'데리고' 아니라 '모시고'라고 이야기해서 참 좋았다고 손수건, 보자기 첫째, 일없을 때는 검소하고 물건이 되면 좋지 아내가 '검소한 물건' 좋아하였습니다. 철수

국숫집 이야기

시골 장터는 가겟집 주인과 이런저런 이야기 나누는 재미가 있습니다.
국수발보다 이야기발이 오히려 깁니다.
새로 오신 아주머니 모시고 일하니 덜 심심하다시는데,
'데리고'가 아니라 '모시고'라고 이야기해서
참 좋았다고 아내가 좋아했습니다.

여름이라 몸씻을 일이 잦아져서, 내의를
뒤집어 입는다고 흉잡히고 퉁박을 들을 일
이 더 많아졌습니다. 양말은 흔랑 뒤집기
벗는다는 잔소리도 많이 듣고, 가끔 없는
T셔츠도 뒤집어 입고 문밖을 나섰다가
난처해지기도 합니다. 가끔 마음이 내키
면 조심하지만 대개는 무심코 하는 중에
실수가 되곤합니다. 무슨 콤플도 아닌터…
하는생각 때문인지 개선이 안되고 있습니다.
엇그제는 손님맞으러 중주간다고 나섰다가,
서둘가는 길도 들어서기도 했으니 '무심코'
때문에 '콩콩' 다칠지도 모른다 싶기는
하네요. 그래도 여전히 할말은 있어서
오늘도 마음속으로 중얼댔습니다.
  - 인생이나 뒤집어 입고 살지 않기를…
속옷이야 평생 뒤집어 입고 산다한들
무슨 상관인가? 속옷 뒤집어 입었더니
배기는데도 없고 목덜미에 걸리적
대는 라벨도 없어 죽기만 하더라!
"옷좀 뒤집어 입지 마세요!"를, '인생
뒤집어 살지 말라'는 경고음으로 들고 살겠다고하고, 면죄부를 받을까?

- 양말 좀
곱게 벗어놓지!

'잠오리'
참수2003 ☎

무심코

- 인생이나 뒤집어 입고 살지 않기를…….
속옷이야 평생 뒤집어 입고 산다 한들 무슨 상관인가?
속옷 뒤집어 입었더니 배기는 데도 없고
목덜미에 걸리적대는 라벨도 없어 좋기만 하더라!

무욕은
아름답지만,
언감생심 ─ 감히 마음을 내기
어려운 일입니다.

무욕은 말고,
순리를 알게 되면, 그만해도
고마울듯 싶습니다
그도 쉬운 일은 아니지요.
나이 들어가는 탓인지,
"예전에 선생님 그림 좋아했거든요!
이제 사회에서 일하는데 인터뷰
부탁드려요." 라거나
"그림 쓸 수 있게 해주세요.
예전부터 좋아했거든요!" …
하는 이야기 자주 듣습니다.
인연이 이렇게 이어지는 것 고맙지만,
때로는 무섭기도 합니다. 곱게, 잘 살아갈수 있어야 할텐데……

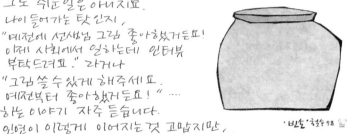

쌀독에서 쥐면 늘 쌀쥐어지듯
빌데서 쥐면 늘 빈손이지
─ 마음이 충실해 보시겠는가?

'빈손' 청수 98

빈손

무욕은 아름답지만, 언감생심 감히 마음을 내기 어려운 일입니다.

무욕은 말고,

순리를 알게 되면 그만 해도 고마울 듯싶습니다.

꽃처럼, 오가는 이 없이 저녁을 맞았습니다.
여름지내면서 처음인듯 합니다. 해지기전의
산책을 하기로 했습니다. 잠시 나가볼 바깥이
하도 좋아서 집안에서 저녁을 맞기는 조금
억울한 기분이 들었습니다.
나가보니, 역시 좋았습니다.
여름내 복닥이던 막국수집에 손님없이 조용
한 원두막지나고, 고추따느라 일손이 바쁜
어른들과 인사하고, 장터지나 초등학교 앞
중학교앞으로 왔더니, 어두워진 길가 풀숲에
투명한 푸른빛으로 반딧불이가 다닙니다.
인적드문 길가에서 풀숲에 노상방뇨하고 내
돌아오는 발걸음에 한결 여겨가 사뿐했습니다.
그렇게 어둠이 내린 길로 고추를 따서 그득실은
경운기가 지나갑니다. 아저씨는 경운기를 몰고,
아주머니는 고추자루 붙들고 뒤에 타셨습니다.
"우리집은 참깨 털어야 되는터 … "
"조금이니까 날씨 좋아지면 내일 터요 텁시다.
잠깐이면 털텐데요. 뭘." 그러면서 돌아왔습니다.

새벽,
봉숭아·헌꽃이
눈앞에서 저내린다
아이고!
아이고!

어둠이 내린 길

나가보니, 역시 좋았습니다.
여름내 복작거리던 막국숫집에 손님 없이 조용한 원두막 지나고,
고추 따느라 일손이 바쁜 어른들과 인사하고,
장터 지나 초등학교 앞 중학교 앞으로 왔더니,
어두워진 길가 풀숲에 투명한 푸른빛으로 반딧불이가 다닙니다.

강진 어느 대숲, 왕대나무가 깊은 숲을 이루고 섰습니다.
영화와 TV극을 촬영했다는 자랑도 보이고
대숲을 찍은 사진 전시도 있었습니다.
그 깊고 아름다운 키 큰 숲을 곁에 두고, 무슨 짓인가 싶었습니다.
주인공과 만날 수 있는데, 주인공에 대해 이야기해 주겠다는게 무슨 말인가 싶었습니다. 키 큰 대숲은, 바람에, 유장하고 유연하게 흔들려 주고 있었습니다.

대숲

강진 어느 대숲, 왕대나무가 깊은 숲을 이루고 섰습니다.

영화와 TV극을 촬영했다는 자랑도 보이고

대숲을 찍은 사진 전시도 있었습니다.

그 깊고 아름다운 키 큰 숲을 곁에 두고, 무슨 짓인가 싶었습니다.

키 큰 대숲은, 바람에, 유장하고 유연하게 흔들려주고 있었습니다.

개도 털을 갈고, 한여름 매미는 허물을 벗어놓고 힘껏 운다.
사람도, 가끔은, 싫어도 마음허물을 벗고, 순수해지는 그런 짐승이었으면… . 황석현대사가 X파일시절의 잘못을 뉘우치고 새롭게 살려고 애써왔노라는 측지로 심경을 밝혔었다고 한다. 어딘가 있어 이런 일을 당하는가 보다고. 말인즉는 넉넉해 보인다. 그런 심경이 작으나마 진실을 담는 것이기도 바라고…
매미허물 벗기나, 개 털갈이를 지켜본 일이 있어 한말씀 나누어 드리고 싶어졌다. 매미는 온몸을 다 벗고 완전히 새로운 존재로 태어나고, 개는 전신의 털을 한올 남김없이 다 버리고 새로 얻는다.
그게 매미허물의 법문이고, 개짓는 소리에도 한소식한다는 말씀의 깊은 속뜻 아닌가?

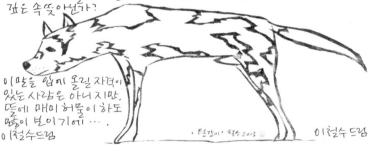

이말을 입에 올릴 자격이
있는 사람은 아니지만,
뜰에 매미 허물이 하도
많이 보이기에… .
이철수드림

•털갈이• 철수 2003

이철수 드림

허물

개도 털을 갈고, 한여름 매미는 허물을 벗어놓고 힘껏 운다.

사람도, 가끔은, 싫어도 마음허물을 벗고,

순수해지는 그런 짐승이었으면…….

지나간 신문기사를 다시 읽어 보면 재미 있었습니다. 추측기사들의
엉뚱함에, 멀쩡한 사실 보도라고 믿었던 기사가 터무니 없는
오보가 되기도 합니다. 완강하고 단호한 주장을 내세웠는데
지나고 보면 어리석은 착각에 지나지 않는 경우도 흔하지요.
말하고 글쓰는 일을 직업으로 삼는 사람이 아니라도, 오늘 하는
이야기를 뒷날 → 손수레 안도를
돌이켜 보면서 즐기는 동안에,
부끄러워하게 세상도 나도
되는 일은 흔합 조금씩 조금씩
니다. 무척 익혀 버질수
내일을 앞당겨 있는걸요!
살아 볼수는 없는 실수를 겸손하게
법이라, 인정하고, 과한
오늘 조심조심 욕심은 뉘우치고,
할 밖에 다른 서로 간에 충고를
도리가 없습니다. 아끼지 않을 수만
감정이 이끌리고 있어도 조금은
패거리 속에서 나아지겠지요?

조심조심

지나간 신문기사를 다시 읽어보면 재미있습니다.

추측기사들의 엉뚱함에, 멀쩡한 사실 보도라고 믿었던 기사가

터무니없는 오보가 되기도 합니다.

말하고 글쓰는 일을 직업으로 삼는 사람이 아니라도,

오늘 하는 이야기를 뒷날 돌이켜보면서 부끄러워하게 되는 일은 흔합니다.

집도
사람도 보이지 않는

산들의 자리에 드문드문 철탑이 건너가는 것이야 어쩌
겠습니까? 세상이 나누어 누리는 밝은 빛이 흐르는 길이
그거라는데. 마을 뒷산 꼭대기에 수만 평을 깎아서 길
을 내고 '콘도'라는 물건이 들어 온다니 아연한 일 입니다.
마을에서 반대해 나선지 꽤 시간이 흘렀습니다.

반대

집도 사람도 보이지 않는 산들의 자리에
드문드문 철탑이 건너가는 것이야 어쩌겠습니까?
세상이 나누어 누리는 밝은 빛이 흐르는 길이 그거라는데.
마을 뒷산 꼭대기에 수만 평을 깎아서 길을 내고,
'콘도'라는 물건이 들어온다니 아연한 일입니다.

주말이네요. 밤이 늦었습니다. 평안한 주말 되시기 바랍니다.
대안학교를 준비하시는 선생님들과 이야기 하다보니 깊어졌습니다.
땀젖은 몸뚱이를 씻느라 목욕탕에 들어갔다가, 세탁기에서 '걸름망'
이라고 하나요? 실밥 보푸라기를 걸러준다는 주머니를 보았습니다.
그 주머니가 꽤 부풀어 있는 것 보니 한번 비워 줄때가 되었나 봅니다.

'걸름망'을 비울때마다 느끼는 거지만, 그 많은 먼지가 옷에 달라붙은
생활의 찌꺼기 이기 보다는, 거칠게 돌아가는 세탁통의 속도와 충격이
만들어 내는 '생산물'입니다. 정신 못차리게 돌리는 힘으로 생활의 때
를 빼다보니 옷가지가 닳아 버리는 게지요. '자동'이라는 표현은

움직이는 새는
싹을 틔우지 못하는 법
-고요히
앉으라!

'독서경구 -수라!'
경우2004

꽤 그럴듯 해 보이지만, 기계적인 힘의 폭력에 기댄다는 의미이기도
합니다. 그 '자동'이 우리 인생에서도 작동하는것 아닌가? 싶기도
했습니다. 몸뚱이와 영혼이 먼지 덩어리가 되어 있는것 보면...

걸름망

'걸름망'을 비울 때마다 느끼는 거지만,

그 많은 먼지가 옷에 달라붙은 생활의 찌꺼기이기보다는,

거칠게 돌아가는 세탁통의 속도와 충격이 만들어내는 '생산물'입니다.

'자동'이라는 표현은 꽤 그럴듯해 보이지만,

기계적인 힘의 폭력에 기댄다는 의미이기도 합니다.

늦여름하늘이 참좋습니다.
함께 나누어야할 걱정꺼리도
많아보이지만, 꼭 눌러두고 있습니다.
마음이 어수선해 있어서 입을 떼기가
조심스럽습니다. 그럴때 있잖아요?

담장을 새로 쌓고 났더니 일꺼리가 잔뜩 생겼습니다.
남에 일하고 가는 사람들은 마뚜리를 깨끗하게 하기 어려운가
봅니다. 하긴 사는 사람의 마음 속에 들어와 보지 않고서야
내마음 처럼 할수 없겠지요? 여러날째, 아침마다 잔돌을
담아내고 땅을 고르고 있습니다. 물빠짐을 생각해서 경사도
조금 만들어야합니다. 가을태풍에도 비오실지 모르고, 내년에
오실 여름장마에도 대비해야지요. 어차피 해야할 일 입니다.

어차피 해야 할 일

여러 날째, 아침마다 잔돌을 담아내고 땅을 고르고 있습니다.
물 빠짐을 생각해서 경사도 조금 만들어야 합니다.
가을 태풍에도 비 오실지 모르고, 내년에 오실 여름 장마에도 대비해야지요.
어차피 해야 할 일입니다.

국회?
국회의원?

이제 질려버렸습니다.
버리고 싶습니다.
비싼땅에
큰집지어주고
거기가서들
따로 살아라!
하고 싶습니다.

어디가서 주워온들
이보다 못한 인간들을 주워올까?
보다보다 이제는 눈 감아 버리고 싶네요.
등 돌리고 싶습니다.

정치가 이모양인데도,
개혁은 어디가서 뭐하는 건지!
ㅡ 힘있는 것들 끼리는 개혁 못합니다.
눈앞에 보는 대로지요! 길에서 땀흘리고 사는
누구를 데려다시켜도 이보다 낫습니다. 세상은
참 잘못 가고 있습니다. 청소하시는 일용직 부르세요!

`우리들의 선량`

잘못 가고 있습니다

국회?

국회의원?

이제 질려버렸습니다. 버리고 싶습니다.

비싼 땅에 큰 집 지어주고,

거기 가서들 따로 살아라!

하고 싶습니다.

투명한 유리병속
색색 사탕이
곱
다   2005
                        철수
저는 제속을 다
보여 주고 나섰는데
...

단단한 사탕알도 맑은 물에 넣어두면 천천히 녹아 버립니다.
저의 주변 조금 빨리 녹기는 하겠지만, 마음이야 어디 그렇게 되나요?
조용해지고 투명해지면, 환해지고 솔직해 집니다. 누가 나를 오해하고
의심한다고요? 핏대올려 변명하고 부정해 볼들 소용없는 일입니다
내탓일 가능성이 큽니다. 오해라면 절로 풀리고 스러지겠지요. 절로!

투명해지면

단단한 사탕알도 맑은 물에 넣어두면 천천히 녹아버립니다.
저어주면 조금 빨리 녹기는 하겠지만, 마음이야 어디 그렇게 되나요?
조용해지고, 투명해지면, 환해지고 솔직해집니다.

가을

가을 하늘에
바람에 흩날리는
단풍한잎
그 작별인사
적멸입니다

가을이라고,
단풍 들었다고,
길이 미어진다는
소식입니다.
단풍 소식에
마음 온통
붉고 노란 빛으로
설레어서
길에 나선,
깊고
간절한
추심―가을 마음이
그리 많았을까?
단풍 든
가을 산이
이 많은 손님을
보자 하지는 않았을 터!
가을 길에
불청객들의
꽃빛 오히려
간드러 집니다.

단풍 들었다고

가을이라고, 단풍 들었다고, 길이 미어진다는 소식입니다.
단풍 소식에 마음 온통 붉고 노란빛으로 설레서 길에 나선,
깊고 간절한 추심―가을 마음이 그리 많았을까?
단풍 든 가을 산이 이 많은 손님을 보자 하지는 않았을 터!

여름내 뜨거운 햇살이 쏟아져
가을 열매를 뜨겁게 달구었다.
붉게 익은 열매들 잘살았구나.

비. 바람. 햇볕 여간 아니었는데,
잘견디고, 스스로를 소중히 여겨
아름답게 다 이루었구나!   철수.

열매들 잘 살았구나

여름내 뜨거운 햇살이 쏟아져 가을 열매를 뜨겁게 달구었다.
붉게 익은 열매들 잘 살았구나.
비, 바람, 햇볕 여간 아니었는데,
잘 견디고, 스스로를 소중히 여겨 아름답게 다 이루었구나!

세상이 콩볶는듯해도, 그저 제할 몫을 다하고 제길을 가는 존재들이 있습니다. 논에는 벼이삭이 무겁게 익어갑니다. 대추 사과 같은 가을과일 빛이 조금씩 붉어갑니다. 가난한 부부의 힘겨운 하루하루도 어제와 오늘이 다를것 없어 보입니다. 힘들다고 투정해 봐야 무슨소용 있나요? 땀흘리지 않고 입에 밥이 들어가지 않으니 묵묵히 일할 따름이지요. 땀흘려 일하는 사람들의 그삶이 정직한 인생 입니다. 머리를 쓰고 몸은 쓰지 않는 사람들이 세상의 주인노릇을하는 바람에 온세계가 이렇게 몸살을 앓는것 아닌가 싶습니다. 땀흘리는 이들과 가을들판 앞에 부끄러운 날.

세상이 콩 볶듯 해도

세상이 콩 볶는 듯해도, 그저 제 할 몫을 다하고 제 길을 가는 존재들이 있습니다.
머리를 쓰고 몸은 쓰지 않는 사람들이 세상의 주인 노릇을 하는 바람에
온 세계가 이렇게 몸살을 앓는 것 아닌가 싶습니다.

가을 깊도록 벼포기에 푸른기운이 남아 있는건 영양이 너무 많은 탓입니다. 욕심사납게 거름을 많이 넣으면 벼이삭이 제대로 영글지 않습니다. 벼든 콩이든 거름기가 모자라면 모자라서 탈이지만, 넘치면 넘치는대로 문제가 생기고 사단이 납니다. 많아도 탈 모자라도 탈이라니 '적절히'가 정답일텐데 '적절히'가 또 얼만큼인지를 요량하기가 여간 어렵지 않습니다. 거름기 많은 논에는 '조금'도 많고, 척박한 논에는 '실컷' 넣어도 '아직' 모자랍니다. 섬세하게 살피고 꾸준히 일하는 과정에서 농사하는 사람의 마음을 배우는 게 제일 이기도하고, 모두 이기도 합니다. 자식농사에도 그 마음, 세상 경영에도 그마음 잎듯 싶습니다. 올해 못다한 건 내년에, 내년에 미흡하면 그 이듬해! 일손 놓을때까지 쉬지않고 마음을 다해야지요. 다른 도리 없으니까!

적절히

거름기 많은 논에는 '조금'도 많고,
척박한 논에는 '실컷' 넣어도 '아직' 모자랍니다.
섬세하게 살피고 꾸준히 일하는 과정에서 농사하는 사람의 마음을 배우는 게
제일이기도 하고, 모두이기도 합니다.

아픔·슬픔은 물론, 기쁨과 보람·자식에 대한 간절한 소망과 기대 조차 입에 올려 말하면 안될 일로 여기신 듯 합니다. 평생 그러셨습니다.
— 늘 지켜보고 있다.
— 잘 살아라. 함부로 하지 말고.
— 인생을 말하려거든 실감 있게 하고!
— 관념은 말일 뿐이다. 그건 인생 값의

그렇게 말씀하시는 어머니의 침묵을 오랫동안 듣고 살았습니다. 근년에는 또 다른 말씀을 듣고 있습니다.
— 입끝에 아름다운 말을 올리고, 몸으로는 그 아름다움을 더럽히고 사는 건 사람이 할 짓 아니다!
이제 껍데기만 남은 노경의 어머니께, 당신이 만든 씨앗이기도 할 제 인생으로 대답 드릴거라고 전하고 싶습니다.

조용히, 말 없이, 그래서 오히려 또렷하게 들리기도 하는 당신의 말씀처럼,
— 함부로 하지 않고 잘 살아 보겠습니다.

이철수드림

함부로 하지 않고

- 입 끝에 아름다운 말을 올리고,
몸으로는 그 아름다움을 더럽히고 사는 건 사람이 할 짓 아니다!
이제 껍데기만 남은 노경의 어머니께,
당신이 만든 씨앗이기도 할 제 인생으로 대답 드릴 거라고 전하고 싶습니다.

아직은 들판에 거두어 들일
곡식이 많은 가을 하루를
만사 제하고 나와,
중학교 운동장에서
면민 체육대회를
열었니다.
연세 많으신 어른들,
차려드리는 음식과
술한잔 드시면서
젊은이들의 운동회를
구경하시고,
낯익은 사람들과
인사 나누시고.
딸 단위로 차일을 치고
고기 굽고 국 끓이고
밥짓고 반찬만들어
푸짐한 잔칫상을
차립니다.
젊은이가 많을지라도
농촌이지만, 오십 줄에

들어선 제게는 경기
에 나가라는 주문은 없
었습니다.
"형님은 어떤거 뛰
실래유?"하고 한마
디 건넨건 예의로
한 소리었나 봅니다.
줄다리기 해 볼까
했더니, "응원이나
하서유!"하는 대답
이 돌아왔습니다.
별수 없이, 어제 잡은
돼지고기 불판에
얹어 구워내는 일을
조용히 종일 하다
돌아왔습니다.
어디서나 제목이
있다니까요?
종일, 돼지고기와
씨름을 하고 왔지요.

형님은 응원이나 하세요!

"형님은 어떤 거 뛰실래유?" 하고 한마디 건넨 건 예의로 한 소리였나 봅니다.
줄다리기 해볼까 했더니, "응원이나 하세유!" 하는 대답이 돌아왔습니다.
별수 없이, 이제 잡은 돼지고기 불판에 얹어
구워내는 일을 조용히 종일 하다 돌아왔습니다.

진심의 깊이 이룬다. 때로 좋아거같아. 흐르는 강에 흙길 주지않어

가끔이 좀 내려안줘 바라보아야지. 가끔 깜빡거리지
정옥숙2001

때로는, 가난해 지고 싶습니다. 차라리! 차라리가 중요합니다.
가난이 뭐 그리 좋았어요? 가난? 힘드는 일이지요! 쌀 떨어지고 수중에
돈 한푼 없으면 막막하고 힘들지요! 그렇지요! 그렇더라구요!
그래도, 그런 생각할 때가 있습니다. 누가 그러시더라요. 조금 여유가
생기고 나니 자꾸 부끄럽다고. 이렇게 살아도 되나? 하는 생각이
자꾸 든다고! 죄지은 것 같다고! 그 생각도 않고 누리는 여유는 무서운
일일지도 모릅니다. 세상이 좀더 고르게 되어야 한다는 생각도 그래
서 일지 모르지요? 함께 어렵고, 함께 누릴수 있어야, 마음이 편해
질 것 같아서. 세상은 자꾸 골이 깊어 가는 듯 합니다. 이러면 안되는데….

함께 누릴 수 있어야

누가 그러시더라고요.

조금 여유가 생기고 나니 자꾸 부끄럽다고,

이렇게 살아도 되나? 하는 생각이 자꾸 든다고! 죄지은 것 같다고!

그 생각도 않고 누리는 여유는 무서운 일일지도 모릅니다.

이주노동자들을 위한 시설에서 뭘 좀 거들어 달라고 연락했습니다. 우리 사회에서 각별히 마음써야할 소외된 사람들로 손꼽아야할 상대가 그이들 입니다. 우리눈에도 선 사람들 이지만, 그이들 입장 에서 우리 사회는 더할수 없이 낯설고 물설고 말도 통하지 않는 땅 일터지요? 여기 와서 험한 일하며 뿌리내리고 살자면 겪게 될

아픔과 슬픔 그리고 노여움도 많을것 짐작이 갑니다. 대단한 도움을 주지 못해도, 마주치면 웃어 주는 일이야 못하겠어요? 그것 만으로도 큰 위안이 될것 분명합니다. 오래 함께 살아야할 새 이웃 입니다.

새 이웃

이주노동자들을 위한 시설에서 뭘 좀 거들어달라고 연락했습니다.

우리 사회에서 각별히 마음 써야 할 소외된 사람들로 손꼽아야 할 상대가 그이들입니다.

우리 눈에도 선 사람들이지만, 그이들 입장에서 우리 사회는

더할 수 없이 낯설고 물 설고 말도 통하지 않는 땅일 테지요?

짧은 외출인데, 추녀 밑 풍경소리가
멀리까지 따라 나옵니다.
돌아오는길에도, 멀리 마중나온
풍경소리 만나서 함께 들어 왔습니다.
그녀석! 마음 씀씀이 하고는!

풍경 소리

짧은 외출인데, 추녀 밑 풍경 소리가 멀리까지 따라 나옵니다.
돌아오는 길에도, 멀리 마중 나온 풍경 소리 만나서 함께 들어왔습니다.
그녀석! 마음 씀씀이 하고는!

자르고 꺾어내도 다시 솟구쳐 나오는
생명의 힘을 믿기 때문에
가지치기도 하고
순지르기도 하는 것이지요?

가늘 잡아지면 볼성사납게
가지쳐놓은 가로수들은,
봄되면 새가지를 벋고
여름내 잎을 무성하게 해서
나무 모양을 갖춥니다.

나무는 그렇다하고,
다시 자라올라오지 않았으면
싶은 부정한 거래와 관행,
그리고 제 이익과 보신 밖에
모르는 파렴치한 존재들,
사회를 좀먹는 낡은 사고와 이념들의
끊이지 않는 준동은 어떻게 해야
하나요?
하루 이틀에 끝낼수 있는 일도 아니고
박멸은 더구나 바랄것이 못되지만
세상 갈수록 어려워지고 …
걱정입니다.
'가지치기'. 정수

가지치기

나무는 그렇다 하고,

다시 자라 올라오지 않았으면 싶은 부정한 거래와 관행,

그리고 제 이익과 보신밖에 모르는 파렴치한 존재들,

사회를 좀먹는 낡은 사고와 이념들의 끊이지 않는 준동은 어떻게 해야 하나요?

청산농원에가서 가을 농익은 사과를 따는 일을 잠시 하고 왔습니다.
엊그제 일입니다. 어린아이들은 빛깔이 곱고 크기도 적당한 맛있는
사과를 잘 가려서 딴다네요! 어린눈에 예쁜사과가 좋은사과라는
말 입니다. 농주인의 말입니다. 어른들은 욕심껏 굵은사과만 가리는
편이라고요? 참 세상살면서 얻게 된 세속의 지혜(!)일지도 모르
지요. 까짓 사과몇알 굵은것 좋으면 굵은것 먹고, 잔것 좋으면 잔것
먹으면 되지요. 사과따다보니 한나무에서도 굵고 잔것이 있고 더익고
덜익은것이 있습니다. 나무마다 사과맛이 다른가했더니 사과마다 그
맛이 조금씩은 다를거라는 대답입니다. 천지간에 어느것하나 '고유한제맛'
아닌것이 없습니다. 사람도 제맛을 온전히 깊게하고 살라! 하는 말씀이지요?

저마다의 맛

나무마다 사과 맛이 다른가 했더니
사과마다 그 맛이 조금씩은 다를 거라는 대답입니다.
천지간에 어느 것 하나 '고유한 제 맛 아닌 것이 없습니다.
사람도 제 맛을 온전히 깊게 하고 살라! 하는 말씀이지요?

계절이
일하기 좋습니다.
간간이 불어주는 바람이
땀을 식히면서 일하면
쉬 지치지 않으니
일하기 좋다는 거지요.

일하면,
땀흘리며
몸에힘주어일하면,
마음도 몸도
늠름해 집니다.
틈틈이 삽질하며
한낮을 보냈더니
옷에서
쉰내가
풀풀 납니다.
사람에게도, 이렇게 진하고 독한 짐승의 냄새가 있네요.

독한 짐승의 냄새

일하면, 땀 흘리며 몸에 힘주어 일하면,

마음도 몸도 늠름해집니다.

틈틈이 삽질하며 한낮을 보냈더니 옷에서 쉰내가 풀풀 납니다.

사람에게도, 이렇게 진하고 독한 짐승의 냄새가 있네요.

이 계절은 차가운 음료도 마땅찮고 뜨거운 차도 끌리지
않습니다. 맑고 시원한 물한잔! 그게 오히려 낫습니다.
몸도 마음도, 절뎐 향기. 색깔. 자극 따위 놓아 버리고
그저 조용하고 맑아지면 계절과 조화를 이루는 서늘이 될
듯 합니다. 자연에서 길어올린 찬물 한 그릇 처럼!

마음공부에 처방경이 있다는 투의 유혹이 간간이 보입니다.
마음공부에 지름길이 어디 있나요? 과외수업·족집게 과외
따위 있을 턱이 없습니다. 자고·먹고·입고 하는 일 하느라
숨이 가쁘고 마음 허덕이게 되는 나 자신이 가련해 보이면
거기서 시작이지요. 내 문제라 남이 대신할 수 없습니다.
가을로 접어드는 길에 ─ 나 어디로 가고 있나? 한번 보시지요!

나 어디로 가고 있나?

마음공부에 지름길이 어디 있나요?
과외 수업, 족집게 과외 따위 있을 턱이 없습니다.
자고, 먹고, 입고 하는 일 하느라 숨이 가쁘고 마음 허덕이게 되는
나 자신이 가련해보이면 거기서 시작이지요.

머루송이 벌써
많이 익었습니다.
호기심 많은 손님은
몇알씩 따먹어 보기도
합니다.
농익으려면 아직
조금더 기다려야하지요.
기다려야……

머루송이

머루송이 벌써 많이 익었습니다.
호기심 많은 손님은 몇 알씩 따 먹어 보기도 합니다.
농익으려면 아직 조금 더 기다려야 하지요.
기다려야…….

오로 밀며 이시저 채도조롱이가 鵲盧를(鵲盧). 가을비에서 들래도 드래봤어. · 어딤습니다. 3쪽 · 2폭 · 가을비라은 아무 짜에도 풍을가? '가을바람' 천슈에

가을들판이 하루가 다르게 비어갑니다. 가을 바람을 맞는 것이 이제는
벼이삭이더니 오늘은 빈논에 잘게 부서져 누운 볏짚입니다.
허심한 바람에게야 손흔들어 맞고 보내는 주인이나 조용히 앉아 무심
한 주인이 다를바 없겠지만, 볏짚틈에 흘러있는 낱알이삭이 무심히
보이지 않는 저에겐 가을 비어가는 들판도 번뇌가 그득한 마음밭 · 마음논
입니다. 이제는 너른 콩밭이 남았습니다. 옥수수 몇대 아직 밭둑지서
헐벗은 몰꼴로 절기다리는 걸까? 그럴리야 없지요! 비오시면 선채로
싹을 틔우는 마른옥수수는 하늘의 말에만 마음두고 있을 테니까.
땅 · 하늘 · 물 · 바람이 만드신것을 빈손든 제가 덤벼들어 거두는 중입니다.
고마운 줄 모르진 않습니다. 하늘 · 땅 · 물 · 바람 같은 너그러움을 모를따름.

허심한 바람에게야

땅 · 하늘 · 물 · 바람이 만드신 것을 빈손 든 제가 덤벼들어 거두는 중입니다.

고마운 줄 모르진 않습니다.

하늘 · 땅 · 물 · 바람 같은 너그러움을 모를 따름.

가을걷이는
흙먼지 뒤집어쓰는 일.

먼지 속에서
더러워진 몸으로
종일 일하고 보면
초라하고 볼품없는

몰골이 바로 내 심상!인 것
알게 되지요.

흙물은 감자. 콩
당근. 호박. 늙은 오이…
씻어 상에 오르면 좋은 음식이 되는 것처럼,

더러워진 몸뚱이
씻고 옷 갈아입으면
괜찮은 사람이 되는 걸까?
아이들처럼 실없는 생각. 당신호
                        보통지오:
가을이지요?   가을입니다. 볼수 2011

실없는 생각

흙 묻은 감자, 콩, 당근, 호박, 늙은 오이……

씻어 상에 오르면 좋은 음식이 되는 것처럼,

더러워진 몸뚱이 씻고 옷 갈아입으면 괜찮은 사람이 되는 걸까?

아이들처럼 실없는 생각.

종일, 콩밭에서 콩대를 뽑아줘었습니다. 가을을 잘도 알고 잎을 다 버린 콩대에는, 깍지 벌기를 기다리는 콩알이 콩깍지 속에서 바깥세상을 노리는 기색입니다. 어림없다! 나오시는 순간 내 자루에 쓸어넣을 텐데? 그런 마음으로 콩대를 모아 가지런히 누이는게 사람입니다. 가을 들일은 한여름처럼 지치지 않으나 다행한 일입니다.

종일, 콩밭에서

가을을 잘도 알고 잎을 다 버린 콩대에는,
깍지 벌기를 기다리는 콩알이 콩깍지 속에서 바깥세상을 노리는 기색입니다.
어림없다! 나오시는 순간 내 자루에 쓸어 넣을 텐데?
그런 마음으로 콩대를 모아 가지런히 누이는 게 사람입니다.

오늘도 콩밭에서 저녁을
맞았습니다. 해가 다 기울기 전인데
동쪽하늘에 달이 떠올랐습니다.
- 하늘도 거짓말 할줄 모른다!
마음에 문득 오신 말이 그랬습니다.
속된 기준으로 잘난사람들이 하는 말이
하도 말같지 않고 진솔한테 닮어서,
비위가 많이 상해 왔던 참이라
그건 말도 떠올랐나 봅니다.

하늘은 거짓말 할 줄 모른다

오늘도 콩밭에서 저녁을 맞았습니다.
해가 다 기울기 전인데 동쪽 하늘에 달이 떠올랐습니다.
- 하늘은 거짓말 할 줄 모른다!
마음에 문득 오신 말이 그랬습니다.

이철수드림

삼천리에 오색단풍이 들기시작해서 울긋불긋 아름답다는 소식입니다. 청산이 늘 푸르기만해서 청산이 아닌 것을, 가을 산빛이 가만가만 일러주는 기벽입니다. 청년이라는 이름이 그렇듯 산아직 싱싱하다는 뜻으로 청산이라 부르는 것일지도 모릅니다. 생생하게 살아있다는 뜻이겠지요? 봄이면 연두빛으로 살아나고, 여름은 무섭게 짙은 초록으로 무성하였다가, 가을이면 붉고 누른 기운이 꽃처럼 아름다우며, 겨울이면 무채색의 어둠에 온몸을 맡기는 것이 살아있음의 반증입니다. 이가을의 찬란한 오색을 두고 청산이라 부르지 못할 까닭이 없습니다. 시중에는 또다시 색깔론이 어지럽습니다. 청산은 오색을 두루 용납하면서 아름답고 또 아름다운데…

청산은 오색으로 아름다운데……

이 가을의 찬란한 오색을 두고
청산이라 부르지 못할 까닭이 없습니다.
시중에는 또다시 색깔론이 어지럽습니다.
청산은 오색을 두루 용납하면서 아름답고 또 아름다운데……

150_ 151

길가 탱자 아직 향기 없다
서리 내리지 않은 탓이란다
매서운 추위 겪지 않고는
향기 토하지 못하는 것이, 비단
탱자뿐 아니지   이철수 그림

길가 탱자 열매

길가 탱자 아직 향기 없다.

서리 내리지 않은 탓이란다.

매서운 추위 겪지 않고는 항기 토하지 못하는 것이, 비단 탱자뿐 아니지.

세상에 밥 안먹고 사는 사람이 있나요? 밥 못먹고 사는 사람 있나요? 또다른 가난이 있어 있는 사람과 없는 사람을 갈라놓는 시대이기는 하지만, 밥 한그릇이 없어 허기졌다는 소식은 드물어졌습니다.

지난 가을 비바람에 드러누워 버린 벼포기를, 긴 막대끝으로 들어올려가며 벼베기하는 논을 보았습니다. 한가마에 고작 14만원하는 쌀값에도 다익은 벼이삭을 논바닥에 깔아 버릴수는 없다는 가상한 농심의 발로인가보다 생각했습니다.

배불러지고 보니, 언제고 어디서고 그저 있는것이 쌀이려니 여기는 분위기가 흔해졌습니다. 자동차생산공장 파업이 국가적 관심사가 되고, 전철운행이 한이틀만 불편해도 국민들이 아우성이지만, 쌀수입이 자유로워져 값싼외국쌀이 쏟아져 들어온다는데 세상은 나몰라라!

이철수드림

그많던 담배농사는 해방이 묘연해져버렸지요? 고추농사도 지어봐야 헛수고지요? 배추농사도 헛발질이지요? 참깨·콩·마늘… 어느것하나 제값받고 팔 농사가 아닙니다. 농산물 수입개방 탓입니다. 농약·방부제 칠갑을 한 정체모를 먹을거리에 당해도 크게 당할겁니다. 내땅의 물·햇살·바람은 어디다 쓰려고 농사를 다 버리자하는 것인지? 기계팔아 쌀사다 먹으면 크게 망합니다.

농산물 수입 개방

농약, 방부제 칠갑을 한 정체 모를 먹을거리에 당해도 크게 당할 겁니다.
내 땅의 물 · 햇살 · 바람은 어디다 쓰려고 농사를 다 버리자 하는 것인지?
기계 팔아 쌀 사다 먹으면 크게 망합니다.

해와달이 그렇듯,
비한방울 · 바람한 점도
먼길 다녀서 오는 걸음입니다.
천지만물이 쉬는 법이 없습니다.
저승에서도 쉬고 있다는 소식은 없습니다.
살아있다는 말도 쉼없다는 말,
죽어간다는 말조차 실은
쉼없이 흐르고 있음을 알립니다.
죽는길도 바쁜걸음입니다. 바쁜걸음으로
차가워지는 가을을 보면서, 문득 그런생각.

이철수드림

서둘러 차가워지는 가을날

해와 달이 그렇듯, 비 한 방울 · 바람 한 점도
먼 길 다녀서 오는 걸음입니다.
천지만물이 쉬는 법이 없습니다.
죽어간다는 말조차 실은 쉼 없이 흐르고 있음을 알립니다.

이 깊수드림

가을볕도 하루하루 짧아져, 들에 남은 일이 많은 사람들에게는 가을의 한낮이 인색하게 느껴지겠습니다. 서리에 허리가 꺾인 잎들이 땅을 보고 있습니다. 미처 다 여물지 못한 콩이며 호박 따위 불요합니다. 때를 맞추지 못하면 열심히 살아도 헛수고가 되고 마는 법. 세상이 더 투명해지고, 더 공평해지고, 거기 사는 사람들 마음은 더 넉넉해지고, 열심히 일하고 살면 따뜻한 가정에서 여유있는 휴식도 누릴수 있어야 하는데…, 세상의 겨울도 갈수록 서둘러오고, 온겨울은 길고 춥습니다. 세상의 가난하고 소외된 사람들은 된서리에 무너진 잎처럼 추레합니다. 어리석은 이들도 변화의 고통을 이해하려 들지 않고, 가진것이 많은 이들은 거칠고 교활하고 뻔뻔합니다.

미처 다 여물지 못한

세상의 겨울도 갈수록 서둘러 오고, 온 겨울은 길고 춥습니다.
세상의 가난하고 소외된 사람들은 된서리에 무너진 잎처럼 추레합니다.
어리석은 이들도 변화의 고통을 이해하려 들지 않고,
가진 것이 많은 이들은 거칠고 교활하고 뻔뻔합니다.

겨울이
일찍오고
추운곳이라
감나무가 겨우
모양만 갖추는데,
올해는 제법
모양과 맛을 함께

갖추었습니다. 지구온난화가 드디어 추운산골 마을의 감나무에 까지
영향을 미친것 인지도 모릅니다. 세상의 무릇 변화가 그렇겠지요? 가랑비
에 옷 젖는 것처럼, 깨닫고보면 때가 늦어서 돌이킬수 없는 지경이
되기십상입니다. 제법 감인듯해도 그냥먹기는 마땅치 않아서 하룻저
녁 앉아 껍질을 벗겨내고 가을 볕드는 툇마루에 내다 놓았습니다.
가을 바람과 볕이 물기와 떫은기운을 다 데리고 가시는지 며칠 마르고
난 감이 벌써 단맛이 들었습니다. 첫눈보다 먼저 곶감에 하얗게 분이
내리는 그날은 초겨울일까? 사람도 가을바람에 메말라가는 느낌입니다.

가을바람에

제법 감인 듯해도 그냥 먹기는 마땅치 않아서
하룻저녁 앉아 껍질을 벗겨내고 가을볕 드는 툇마루에 내다 놓았습니다.
가을바람과 볕이 물기와 떫은 기운을 다 데리고 가시는지
며칠 마르고 난 감이 벌써 단맛이 들었습니다.

또 새로운 달을 맞게되니 한해 거의 저무는가보다 싶은게
마음이 바빠지는 기분입니다. 고갱이 안앉게 생긴 흉년
배추밭가에, 따로 공들인 것 없이 혼자 자라는 은행나무
에는 은행이 많이도 달렸습니다. 잘익어 떨어진 은행
노란 열매를 주워담다가, 마침 지나가다 인사나누게 된
어르신께 올해 저희 배추농사 이렇게 작파하였으니
어디서 배추 몇 포기 사야겠다고 말씀드렸습니다. 한번
알아보마시고
나서,

불품없는 저희밭을 보시고 한마디 하십니다. "배추밭이 배가
고팠구먼 뭘! 배가고프니까 안컸지?" 거름이 많은 것 같아
웃거름 안했더니 그렇다고 이실직고했지요. 배추가 배가 고파
그렇다는 표현에 무릎을 쳤습니다. 살아있는 말은 이렇습니다.

살아 있는 말

"배추밭이 배가 고팠구먼, 뭘! 배가 고프니까 안 컸지?"
거름이 많은 것 같아 웃거름 안 했더니 그렇다고 이실직고했지요.
배추가 배가 고파 그렇다는 표현에 무릎을 쳤습니다.
살아 있는 말은 이렇습니다.

바늘 허리 꿰어 못쓴다.
그런 옛말이 떠오릅니다.
마음바쁘고,
현실의 아픔이크지만,
세상사람들의 마음은
급할것 없다는 편인듯
싶습니다.
그럴수도 있지요.

무심한듯 낙엽이지고
겨울채비를 서두르는
길가 나무들을 보고있습니다.

우리사회가 겪어온
수십년 과거에 무슨 미련과
그리움이 있을까 싶은데
민심은 그렇지도 않다고
대답하는듯 합니다.
하루아침에 묵은때를
벗길수는 없겠지요.
천천히! 한걸음씩! 그러라는 말씀으로 알아들어야지요. 힘이들지만!

길이
멀다

‘낙엽’
철쑥

힘들지만 한 걸음씩

무심한 듯 낙엽이 지고 겨울 채비를 서두르는 길가 나무들을 보고 있습니다.
우리 사회가 겪어온 수십 년 과거에 무슨 미련과 그리움이 있을까 싶은데
민심은 그렇지도 않다고 대답하는 듯합니다.
하루아침에 묵은 때를 벗길 수는 없겠지요.

이제야 벼를 베어내고 나락을 털었습니다. 논에 풋내가 납니다.
겨울이 일찍 오는 산촌이라 마을에서 제일 늦은 타작입니다.
소출은 지난해만 못하였습니다. 다들 그랬다네요. 내년에는
심을때 포기를 많이 하라고 ← 하란다. 그래야겠지요?

그랬다 나눔.
줄려가는
논으로
삶의
거냄을 삼고
싶었다

벼를 베다말고 일거들던 친구들이 부산하게 움직이더니 뱀
한마리 잡았다고 했습니다. 어쨌어? 저 옆에 빈논으로
던져 버렸어유! 살려줬어? 그러쿠유! 살려주지 그걸 뭘해
유? 잘하셨네. 뱀있어야 쥐가 덜하지. 벼베기는 두어
시간이면 끝납니다. 벼를 담아 창고 앞에 세워두고 동네
친구들과 술한잔 하였습니다. 좋은술 있거든 내놔 봐유!
좋은술 먹이고 타작해야 나락이 많이 나와유! 하는
우스개를 안주 삼았습니다.
저는 딱한잔, 나머지는 젊은 친구들 뿐이었습니다.
젊다고 해야 40대 중반. 농촌이 이렇습니다.

벼 벤 논

벼를 담아 창고 앞에 세워두고 동네 친구들과 술 한잔 했습니다.
"좋은 술 있거든 내놔봐유!
좋은 술 먹이고 타작해야 나락이 많이 나와유!"
하는 우스개를 안주 삼았습니다.

밤길 걷다 돌아오는길에 하늘 보았습니다.
별이 많았습니다. 그래서 좋았습니다.
오래 오래 그아래 서있고 싶었습니다.
바라보고 있는동안 다 잊었습니다.
대추리·도두리·FTA·6자회담·바다이야기……
하늘 이야기는 그건 소란 없었습니다.
시시한 우리들……

2006 김수

별

밤길 걷다 돌아오는 길에 하늘 보았습니다.

별이 많았습니다. 그래서 좋았습니다.

오래오래 그 아래 서 있고 싶었습니다.

커플 신발이고 커플 T셔츠고 함께 하는것이 많았는데, 어쩌하다
이번에는 이닦는 칫솔 조차 꼭같은 물건을 쓰게 되었습니다.
이 닦을때마다 칫솔모를 만져보고 마른 칫솔 있으면
그걸 제 것인가보다 합니다.
이를 세게 문지르는 편이라
제 칫솔이 일찍 망가져가는
것도 칫솔을

이컬수드림

가리는 방법이 되기는 하지요.
엊그제 드디어 새 칫솔이 나와 있어서 칫솔가리는 일은
쉬워지겠다 싶었습니다. 그런데, 평소 쓰던 칫솔과 전혀
모양이 다른 칫솔이라 낯이 설다했더니 '중고칫솔'인가
봅니다. 칫솔을 '중고'를 쓰느냐고요? 손님용 칫솔을 내어드릴때
있으면 그걸 제가쓰기도 합니다만, 이번에는 들고오신 칫솔을
놓고 간 손님이 계셨던가 봅니다. 버리기 아깝고, 돌려
드릴 수도 없으니 어쩌겠습니까? 중고라도 좋던 걸요뭐.

중고

손님용 칫솔을 내어 드릴 때 있으면 그걸 제가 쓰기도 합니다만,

이번에는 들고 오신 칫솔을 놓고 간 손님이 계셨던가 봅니다.

버리기 아깝고, 돌려드릴 수도 없으니 어쩌겠습니까?

중고라도 좋던 걸요, 뭐.

밤길 걷다가 사과향기 진한 과수원을 지나는데 마침
과수원 집 어르신 뵙게 되었습니다. 가볍게 인사드리고
가려는데, "사과 한쪽 들고 가요!" 하십니다. 사양하다가
"그럼, 꼭 한 알만!" 하고 따라갔더니 제법 여러 개를
봉지에 담으셨습니다. 산책하는데 무겁겠다시면서
길가에 놓인 수레에 얹어둘 테니 오다 들고 가라십니다.
오는 길에 찾아든 사과봉지에 사과 두어 개 더 들어있었
습니다. 마침 집에 사과도 다 되었다는데 …… 하면서
들고 오는 사과 봉지가, 무겁기보다 고마웠습니다. 좋은 저녁!

사과 한 쪽

가볍게 인사드리고 가려는데 "사과 한 쪽 들고 가요!" 하십니다.
사양하다가 "그럼, 꼭 한 알만!" 하고 따라갔더니
제법 여러 개를 봉지에 담으셨습니다.
산책하는데 무겁겠다시면서 길가에 놓인 수레에 얹어둘 테니 오다 들고 가라십니다.
오는 길에 찾아 든 사과 봉지에 사과 두어 개 더 들어 있었습니다.

가도가도 붉은 산이다.
가도가도 고향 뿐이다.
이따금 솔나무숲 있으나
그것은 내 나이같이 어리고나
가도가도 붉은 산이다
가도가도 고향 뿐이다.

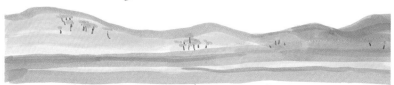

오장환의 '붉은산'이라는 시 한편이 가슴 깊은데를 건드리고
갑니다. 잠시 다녀왔던 북녘의 산이 그랬습니다.
헐벗은 산이면 어디나 고향과 닮았다고 느끼는 힘겨운
시절을 염두에 두고 읽어야 제대로 읽힐 시편입니다.
민둥산은 사라져 버린지 오랍니다. 농익은 가을 들판 뒤로
울창한 숲이 새삼스러운 날. 가난한 고향들이 떠오르네요.

가도 가도 붉은 산

오장환의 '붉은 산'이라는 시 한 편이 가슴 깊은 데를 건드리고 갑니다.
잠시 다녀왔던 북녘의 산이 그랬습니다.
헐벗은 산이면 어디나 고향과 닮았다고 느끼는
힘겨운 시절을 염두에 두고 읽어야 제대로 읽힐 시편입니다.

달디단
가을열매도
거저 익어가는건
아닙니다.

비바람
무더위
벌레와 병이
무성한
봄·여름·가을 뿐아니라,
혹독한 겨울도
견디고 나서야

향기로운 열매를
얻습니다.

어지럽고
소란스럽고
때로는 무섭기도한,

꽃보내고 보내
놓고가실
작은선물
향기로운
열매

·작은선물
천상수

낡고, 병들고, 썩어빠진
시대의 유물들이 벌이는
역사 되돌리기와 개혁
발목잡기는
그저 두고보는게
상책입니다.

—낡고
병들고
부끄러움 없이
뻔뻔하고
집요한 힘은
거칠기도 마련!

우리들, 죄없이 바삐사는
일상에 묻혀 잊혀지지나
않게 해야지요!

두고 보는 게 상책

달디단 가을 열매도 거저 익어가는 건 아닙니다.
어지럽고 소란스럽고 때로는 무섭기도 한,
낡고, 병들고, 썩어빠진 시대의 유물들이 벌이는
역사 되돌리기와 개혁 발목 잡기는 그저 두고 보는 게 상책입니다.

허심하여 묶인데 없이 헤엄치는 신화속 물고기 도 좋지요.
날개를 펼치면 세상에 큰 그림자를 드리우는 큰새의 날개
짓을 생각하면 비좁고 옹색스러운 마음마저 시원해지는
느낌입니다. 허공을 헤엄치는 열린 마음을 보고 싶어지는
초가을입니다. 가을로 드는 하늘 한번 좋습니다!
그 좋은 하늘을 마음에 품어안고, 힘든 이들 마음에도 들어가

이철수드림

보고, 동료와 이웃이 연계된 모처럼의 기회다 성공을 같이
기뻐해주고, 제 허물과 모자람을 기꺼이 인정하고, 제
능력을 가다듬고 키우는데 열심이되 헛된 욕심에 사로잡
히지는 않기를. 어둠속에서 빛의 소중함을 다시 확인하고,
진흙탕으로 변해가는 세상에서 순수하고 맑은 영혼을 지켜
가는 안간힘 쓰기! 그게 진보적 예술의 뿌리이고 토양 아닌
가? 함부로 살지 말자! 제발! 그런 생각하고 있습니다.

좋은 하늘

허심하여 묶인 데 없이 헤엄치는 신화 속 물고기도 좋지요.

날개를 펼치면 세상에 큰 그림자를 드리우는 큰 새의 날갯짓을 생각하면

비좁고 옹색스러운 마음마저 시원해지는 느낌입니다.

허공을 헤엄치는 열린 마음을 보고 싶어지는 초가을입니다.

주말에 뿌린 가을비에 못이겨 나뭇잎이 많이 쏟아져 내렸습니다. 인생이 그렇게 무상하구나! 하며 바깥 주경하던 차에, 아내가 전화를 받으며 하는 이야기가 들려 왔습니다.

"배추값 비싸다고 하던데…, 고마워요"
"그럼요. 옳으신 말씀이네요. 지난해도 그렇고…"

지난해에도 복지시설에 배추를 나누어 주셨던 데에서, 올해도 배추를 남겨 두었으니 가져가시라고 연락해온 모양 입니다.

올해 배추값 비싸고 그나마도 구하기가 어려워

→ 걱정하고 있던 참 이었습니다. 일전에 다녀가신 어르신들 께서도 어디 김장값 거들데 있거든 쓰라시면서 돈을 주고 가셨는데, 배추를 남겨 두셨다는 연락 받고 보니 세상은 썩는데 따로, 새살 돋는데 따로 라는 생각이 들었습니다. 배추값은 안받겠다 하실것 같다면서 아내가 새우젓 한동 더 샀습니다.

배추주신 그집에 선물로 드릴까 한다면서
"비쌀때 줘야, 고맙지!" 그러셨다고.

하늘에 별자리가 알려주는 말 - 사랑하고 나누면서 착하게살아가는 게 네별을 위해 할수 있는 거라던!

배추

일전에 다녀가신 어르신들께서도
어디 김장값 거들 데 있거든
쓰라시면서 돈을 주고 가셨는데,
배추를 남겨두셨다는 연락을 받고 보니
세상은 썩는 데 따로, 새살 돋는 데 따로라는 생각이 들었습니다.

장대들고 나가 은행을 조금 털었습니다.
해마다 저절로 떨어진 은행을 주워오곤했는데 올해는
욕심을 부린 셈입니다.
높은데 달린 은행은 그만두고 장대닿는 만큼만 털어
냈는데도 한자루 실히 됩니다. 나무가 꽤 크거든요.
겨우내 군것질거리가
되겠지요?

손님들 오시면 가벼운 접대에도 요긴하게 쓰일 테고요.
독한 냄새안에 고소한 알맹이가 들어있는건 은행이
터득한 지혜인지도 모르겠습니다. 덕분에, 살아있는
화석 나무라고 부를 수 있게 되었는지도 모르지요.
모처럼 비가 뿌립니다. 좀 넉넉히 내려도 좋을텐데
빗줄기가 신통치 않습니다. 그래도 먼지 가라앉고, 가을
김장무·배추에는 도움이 되겠지요? 가을이 깊어갑니다.

은행 알의 지혜

독한 냄새 안에 고소한 알맹이가 들어 있는 건
은행이 터득한 지혜인지도 모르겠습니다.
덕분에, 살아 있는 화석 나무라고 부를 수 있게 되었는지도 모르지요.

이철수드림

논뚝 저편은 콩밭입니다. 아직 거두지 않은 논에 벼메뚜기가
하도 많아서 마른 볏잎이 성해 나질 못할 지경 입니다.
콩밭으로도 몰려다니는 메뚜기를 잡는다고, 이슬 걷히지 않은
아침 나절이면 부지런한 부인들이 논밭가로 다니는것 보게
됩니다. 저녁 시간에, 일 마치고 온 남편을 위해 조촐한 맥주
잔치라도 벌이려는 거겠지요? 가을깊어가면서 그런 시간
가질수 있어도 좋겠네요. 밤이슥토록 다정하게 나누는 대화가
가을 볕처럼 아름다울거라! 메뚜기도 다 여물었던데요!

메뚜기

콩밭으로도 몰려다니는 메뚜기를 잡는다고,
이슬 걷히지 않은 아침나절이면 부지런한 부인들이
논밭가를 다니는 것 보게 됩니다.
저녁시간에, 일 마치고 온 남편을 위해
조촐한 맥주 잔치라도 벌이려는 거겠지요?

경주에도 단감이 있습니다. 당연한 일이지요.
경주에도 제사는 마을과 꼭같은 평동이 있는걸 오늘 알았습니다.
경주 평동에서 단감 한상자가 왔습니다.

태풍이 지나
가면서
마을의
감나무를
거칠게
흔들어
놓았는데,
그때
단감은 온전히
살아남았다고요?

→ 과하면, 사단이 나기도
하지요. 가벼운 것일수록
마음이 온전히 담기는 법!

이철수
드림

가을 기운이 넘치게 스민 감이라고 했습니다.
말씀처럼 가을맛이 넘치는 단맛이었습니다. 무얼 받고나면 돌려
드릴것이 마땅치 않으니 차라리 받는게 없기를 바라게 됩니다.
물론, 받을때 흔쾌히, 줄때 선선히! 를 마음에 새기고 살기는 합
니다. 보내신 이에게 보다 단감 같은 단맛에 더 고마워하기도 하지요.
사람은, 물건을 통해 마음을 나누고 전하는 역할을 할 따름 입니다. 마음이

단감

가을 기운이 넘치게 스민 감이라고 했습니다.

말씀처럼 가을 맛이 넘치는 단맛이었습니다.

사람은, 물건을 통해 마음을 나누고 전하는 역할을 할 따름입니다.

가을 길에서 만나는 화사한 꽃 그늘에서 잎은 왠지 좀
초췌해 보입니다. 화사하게 피어오르는 따님 데리고 외출
나온 중년 여인의 가을이 이럴거라. 제 얼굴에 새겨지는
주름살과 희끗해지는 머리보다, 한창 고운 따님의 아름다
움에 마음을 팔게 되는 너그러운 중년이 그럴거라.
꽃이야, 필때 아름답게, 있는 대로 다 아름답게, 자랑
하다 져야 하는 법. 중년이 지나온 길에도 있어주었던…

잎

가을 길에 만나는 화사한 꽃 그늘에서 잎은 왠지 좀 초췌해 보입니다.
화사하게 피어오르는 따님 데리고 외출 나온
중년 여인의 가을이 이럴 기라.

뒤란에 갔다가, 작은 텃밭이며 언덕에 자욱한 가을꽃이 하 좋아서
그래 섰다 돌아왔습니다. 종일 불어가던 바람이 거기서도 들꽃
들을 만나 어울려 다니는듯 합니다. 박하 몇줌 따고, 호박 몇개 따고,
더덕 몇 뿌리 늙히자고, 여름내 풀을 솎아내던 자리입니다.
장마지나고 눈길 주지 않았더니 그새 키를 키우고 꽃을 피워
뒤란 그득하게 제 세상을 만들어 놓았습니다.
— 내가 너희들 뿌리 뽑으려 했는데…
— 내가 너희들 베어 누이려 했는데…

박멸하지 못해 아쉽고 분한 기분이 들기는커녕,
아직 짙은 초록 풀섶에 별처럼 총총 박힌 흰꽃들을 만나서
행복하고, 기적을 보는듯 놀랍고, 제 게으름에 안도하고, 알수 없는
부끄러움도 경험하고 있습니다. 여기가 내 소출의 땅 아니다!
바람좋은날, 자욱한 가을꽃들은 천지에서 그런 꼭 소리 들립니다.

가을 꽃

박멸하지 못해 아쉽고 분한 기분이 들기는커녕,

아직 짙은 초록 풀섶에 별처럼 총총 박힌 흰꽃들을 만나서

행복하고, 기적을 보는 듯 놀랍고,

제 게으름에 안도하고, 알 수 없는 부끄러움도 경험하고 있습니다.

가을 시골마을 울타리에
키작은 감나무위에서
서둘러익은 홍시하도 고와
따내려 입에 넣었더니
달기도 달다.
겉볼 안 이라시더니…   이철수드림

겉볼안

가을 시골 마을 울타리에 키 작은 감나무 위에서
서둘러 익은 홍시 하도 고와
따 내려 입에 넣었더니
달기도 달다.

→가는걸 어쩌겠습니까?

길에 가득 사람과 차들이라지요? 단풍이 좋다는 소식입니다. 온통 가을 이신데 어딘들 단풍이 좋지 않을까? 그래도 더좋은 단풍이 있고 제일 좋은단풍이 있다는게 사람의 마음이고 사람의 생각입니다. 그야 그렇겠지요? 같이 사람이라도 못나고 잘난 차이는 있는법! 못난것을 편들고 나서는데야 다 이유가 있습니다. 동병상련? 못난것에 마음이가

못난 것

못난 것을 편들고 나서는 데야 다 이유가 있습니다.
동병상련?
못난 것에 마음이 가는 걸 어쩌겠습니까?

길가다 뱀도 만나고, 개도 만나고, 사람도 만납니다.
뱀은 부담스러운가요? 뱀에게야 사람이 그럴지도 모
르는 일입니다. 삼복에 개는 사람이 저승사자 같을 텐데요.
주말 잘지내고 계시지요?

아내와 후배는 영화 한 편 보러 나가고 혼자 조용히 판화
한쪽 새겼습니다. 늘 조용해서 짖는 일이 드문 개가 유난스
럽게 짖어 댔습니다. 내다 보아도 인기척, 없는데 ……
오래도록 쉬지 않고 짖기에 다시 나가 보았더니 뱀 한 마리
가 쉬고 있었습니다. 뱀들이 겨울 잠자리 찾아서 산으로
올라갈 때가 되었네요! 산으로 가는 길에 제 뜰에서 개를
만나 잠시 주춤했나 봅니다. 짖으라고 두고 돌아들어왔습니다.

뱀 한 마리

늘 조용해서 짖는 일이 드문 개가 유난스럽게 짖어 댔습니다.
내다보아도 인기척 없는데……
오래도록 쉬지 않고 짖기에 다시 나가보았더니
뱀 한 마리가 쉬고 있었습니다.

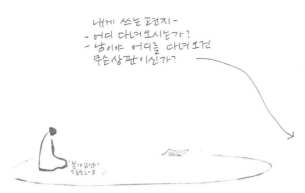

내게 쓰는 편지 —
- 어디 다녀오시는가?
- 남이야 어디를 다녀오건
  무슨상관이신가?

'불가침압'
착착착2.·3

그건 내용의 글이 담긴 그림입니다. 내가 나자신에게 묻고 대답하는 형식
입니다. 살면서 자문 자답하는 순간이 많은건 좋은 일이지요? 이건
문답뒤에 "우리가 남이가?" 해도 좋겠습니다. 마음 깊은데서는 삶을
깊이 음미하고 넓게 살라하지만, 세상에서 바빠(사느라 지친 마음은
작은 계산에도 흔들리고 게으른 휴식과 얇은 즐거움에 머물러 있자 합니다.
참 아름답던 영혼들이 참 빨리 젖은 수건처럼 변하는 것을 봅니다.
가슴아프지요. 남에 이야기처럼 그 이야기할수 없음! 그런생각도 드네요.

내게 쓰는 편지

- 어디 다녀오시는가?
- 남이야 어디를 다녀오건 무슨 상관이신가?